ほんとはかわいくないフィンランド

芹澤 桂

幻冬舎文庫

ほんとはかわいくないフィンランド

ほんとはかわいくないフィンランド

もくじ

はじめに　「あーフィンランドねー」

私がフィンランドの地に初めて降り立ったのは、２００９年のことだ。２週間でヨーロッパ5カ国を回る個人旅行を姉と強行し、バックパッカーというほどではないけれどそれほど大きくもない背負いカバン一つで最後に訪れたのが、フィンランドの首都・ヘルシンキだった。

人並みに雑貨は好きだったので、北欧雑貨と言うぐらいだしきっとかわいいものがあるんだろうな、お土産に買って帰りたいな、とフィンランドを最後に持ってきた。

5月頭、夜10時になってもうっすら明るく、透き通った季節に心が躍った。

しかれども、だ。

街中を、観光地を、歩いてみてもすぐに街の端に行き着くし、かわいいものがどうも見つからない。

そもそも雑貨屋さんというものがあまりない。文具なら実用的だし、とデパートに足を運んでも、ここでも地味で実用的なデザインのものばかり。たまたまやっていた小さなハンドクラフト販売会も素朴な手工芸品の数々。そして何よりかわいさの度合いの割にお値段がかわいくない。

結局買ったのは自分用に、小ぶりの花の形をしたキャンドルぐらいだ。名産品でもなんでもない。

これなら日本の百均の方が……と同行していた姉がボソッと呟き、短い滞在は終わった。

その何年かあとに夫と出会うわけだけど、フィンランド人と聞いて、あーフィンランドねーと低血圧全開の返しをしたことをよく覚えている。

ちなみに低血圧は、いまだに直っていない。

結婚したらフィンランドに住むことになった

フィンランドに越してきてもう4年が経つ。

東京にいたときの私は、ごく普通の会社員兼物書きだった。いわゆるオフィスカジュアルな服を纏《まと》い、ヒールの高い靴を履いて、昼間はウェブエンジニアとしてパソコンに向かい、家に帰ったらまたパソコンに向かって小説を書いたりしていた。旅行が好きで、長期休暇があれば国内外問わず個人旅行をよくした。

兼業生活は忙しく、それでなくてもＩＴ業界はブラックな面があったりしたけれど、忙しいのには慣れていたしそれを楽しんでいた。

それがどういうわけだか、4年前、フィンランドに越してきた。

簡単に言ってしまうとそのわけは、フィンランド人の夫と国際結婚したから、なのだけれど、越してきた当時私は自分が結婚するかどうかなんてわかっていなかった。

よく誰かと移住時の話になると「思い切りましたね」などと言われるが、そんなに

きちんとした思い切りや覚悟で来たわけでもない。

フィンランドには最初、観光ビザで入った。ビザの期限は3ヶ月。とりあえず夫と一緒に暮らしてみて、それからどうするか決めようというような、ゆるい移住だった。日本のアパートは引き払ったし荷物も全部処分したものの、ダメならダメで日本に戻ればいくらでも職は見つかる、という自信だけはあった。IT業界さまさまだ。

それとひとつ、移住しても大丈夫だろうという理由として、食べ物があった。移住前に旅行で2度、フィンランドを訪れたことがあったけれど、フィンランドのごはんはおいしい。健康的で日本人の口にも合い、魚の種類も豊富だ。お米も日本米に限りなく近いものが安価で手に入る。たかがごはんだけれど食いしん坊にとってそれはかなり大事なポイントで、こんなにおいしいものが食べられるならいっか、と私に決断させた。

そんなこんなでしばらくフィンランドで暮らしてみて、大丈夫そうだな、と思ったので夫と入籍し、居住ビザを取得した。私の移住は、そんなあっけない感じだった。

じゃあリアルなフィンランド生活ってどうなのかというと、うちの、結婚して最初の2年近くはこんな感じだった。

ヘルシンキ市内の10階建てのマンション、7階に住んでいた。人気居住エリアで一軒家はなく、マンションばかり立ち並んでいるごく普通の住宅地だ。その風景は日本の住宅地となんら変わらない。

ごく普通の会社員の夫は、普通の会社員のくせに会社がリモートワークを推奨しているので、クライアントとのミーティングに出かける以外ほぼ毎日家にいる。私もフリーランスで仕事をしているので、必然的に三食を共にすることになる。

物価の高いフィンランドでもランチはお手頃なので、週に一度ぐらいは近場のレストランに食べに行く。そして午後3時か4時には仕事を終わらせ、その後近所の散歩に行ったり、夏は泳ぎに行ったりし、夜には映画を観たり旅行の計画を立てたりした。

夫婦揃って旅行好き、特に夫が旅行狂いなので、旅はよくする。

フィンランド人の休暇というと、湖畔にあるサマーコテージで数週間のんびり、とか、ヨーロッパのリゾートで日光浴、とかが有名なのだけれど、我が家の場合はまったくそんなことはなく、特に当のフィンランド人の夫は日本のツアー旅行会社並みに、あれ見てここ行ってこれ食べて、と、スケジュールを詰め込もうとする。私はそれを止める係。

私も旅行は好きだけれど、すでに何十カ国旅行をしまくった夫の「まだ行ったことのない国に行きたい」という要望についていくのは大変だ。私の一番行きたいヨーロッパ内は制覇されているし、残っているのは行きづらい国ばかり。

子供が生まれてからはようやく落ち着けるかと思えば、夫の育休がたくさんもらえるのでそれを利用して旅行は相変わらずしている。たとえば第一子が生まれてからの最初の1年間は、気候のいい南ヨーロッパで過ごしたり、日本で過ごしたりと半年も家にいなかった。

今現在は同じくヘルシンキ市内の、小さい庭付きアパートに住んでいる。閑静な住宅街、を通り越しちょっと行けば森なので、自宅庭のテラスでお茶をしていると鳥の声しか聞こえず、なんか後ろでうるさいと思ったらリスかウサギだった、みたいなことがざらにある。これでも首都である。

首都というと、長年暮らした東京と、旅行でよく行っていたロンドンのイメージが強かった私は、このヘルシンキの田舎っぷりに最初は何度も驚かされた。野草が茂っただだっぴろい空き地を見つけて「あれなんのための土地？　売ってるの？」と夫に尋ねたりもした。実際は売っているわけでも農業用でもなく、空き地は空き地だ。それを理解するまで時間がかかった。

そんな田舎具合なので、日本から持ってきたヒールの高い靴の出番は滅多になく、フィンランドのアウトドアスタイルにもすっかり染まり、スニーカーにモンベルのジャケットで、ちょろちょろする子供を追い回す日々だ。

この本が出る頃には、第二子も生まれている。第一子の育休もまだ残っているのにさらに育休を取得できるので、それ自体はありがたいことだけれど、夫の旅行熱が冷めそうになくて頭が痛い。

日本とはまた違った意味で、忙しい日々を、のんびりと送っている。

ほんとはかわいくないフィンランド

フィンランドに暮らしている。湖と森に囲まれたとても綺麗な国だ。

長身でイケメンのフィンランド人夫と、かわいい北欧雑貨やスタイリッシュな北欧デザインの家具に囲まれた郊外の広い家で、季節のパイを焼いたり、庭でバーベキューパーティーを開いたり、なんでもない日には森を散策したり、冷える時期にはサウナに入ったり、暖炉を囲んで家族で集まったりと、毎日のんびり過ごしている。

……とか言うと思ったら大きな誤解である。

フィンランド在住というとなぜだかみなさん決まって、素敵でおしゃれでかわいいものいっぱい、そしてゆったり、といった暮らしを想像されるようだけれども、あー……、うん。

すんません。ほんとはそんなこと、ぜんっぜんないです。もう、まったくない。

何から書こうか迷ってしまう。

とにかくフィンランドはそんなにおしゃれでもなければ〝かわいい〟でもない、ということを私は声を大にして言いたい。

たとえば、服装のこと。

フィンランドといえばマリメッコ、フィンレイソンを筆頭とする華やかなテキスタイルが有名だ。なのでみなさん、現地の人々はみんなおしゃれにアレを着こなしていると思い込んでいる。

しかし、私はフィンランドに引越してきて間もない頃、現実を見ることになる。

日本からはスーツケースと段ボール一箱に収まる分ぐらいしか服を持ってこなかった。国際便で運べばその分費用がかさむし、日本の服ではフィンランドでは浮くと思ったのだ。

それにヨーロッパなんだからおしゃれな服もいくらでも手に入るはず。

そんな海外移住ハイな頭で街に出た。

季節は夏至間近の6月半ば、手持ちの服をさらりと羽織る。

そしたら、寒い。

気温は18度前後だというが、ヘルシンキの街中には冷たい潮風が吹く。ノースリーブのブラウスと薄手のカーディガンだけでは足りず途方に暮れて、じゃあ地元の人は何を着ているんだろうと見回すと、みんな揃いも揃ってアウトドアジャケットだった。

ウィンドブレーカーなどのしゃかしゃかする類《たぐい》。色は赤、青、ピンク、紫、などのはっきりした原色系。その下は、適当なTシャツ。

そのまま素敵なレストランに入れるかというと、それは間違いなく無理な感じのファッションスタイルである。

あれ、北欧おしゃれさんはどこ……？

ボトムスはというと、女性はだいたい脚にフィットしたデニムかレギパン。ここまではいい。しかし男性はなぜだか、肌寒いというのにふくらはぎをむき出しにしたハーフパンツ率が高かった。ジャケット着てるのに短パン……！

それだけではない。脚を露出することで夏への意気込みを見せているかと思えば、足元はサンダルにくるぶし丈の靴下を合わせるというツワモノっぷりだ。

え、靴下必要なの？　それならなんで普通の靴にしないの？　サンダル蒸れるから？　それともみんな水虫なの……？

北欧には美男美女が多い、と言われている。

背が高くパッと目立つ人も多く、全体的に色素が薄いので、顔立ちが整っているかどうかは別として、金髪碧眼なんてのも珍しくもない。

それでも、だ。北欧イケメンの実態はシャカジャンに短パン、サンダル靴下なんだから、もう男前度なんてすっかり落ちてしまう。

それでは会社へ行くサラリーマンならピシッとしているかと思うと、それもまた大きな間違いでここはフィンランド。

服装なんてみんな自由で、よっぽどの営業職や接客業でない限り変Tシャツでも長靴でもなんでもござれだ。

平日のお昼どきに街を見渡せば、ランチに出てきたと思《おぼ》しきプータローみたいな服装（よれたTシャツにデニム、短パン、もしくはスウェットパンツ）のグループをよく見かける。もちろんみな働いている。

うちの夫がクライアントとのミーティングにデニムとコットンジャケットで出かけ

た日には、肝心のお客さんに「今日は入社面接？」とからかわれてしまったそうだ。日本で買ったユニクロのジャケットなのに。

というわけでフィンランドへおしゃれやかわいいを求めて旅行に来る皆様にはぜひ周りをじっくり見渡してほしい。

旅行者フィルターをはぎ取って見てみれば、フィンランドにはかなりヌケた感じでちょっとおかしな箇所がたくさん散らばっているのだ。

ちなみに、日本のみなさんが大好きなマリメッコ。大柄のものが多く、特にワンピースやシャツ類はゆったりとしたシルエットが多いので、若い人というよりもふくよかなおばさまが着こなしているのをよく見かける。私の中では勝手にミセスファッションという位置付けになっている。こちらではだぼっとしたゆる系ファッションは若い人には人気がない。

では若者はマリメッコに見向きもしないかというと、服はH&MやZARAを筆頭とするファストファッションでまとめながら、マリメッコのがま口サコッシュをワンポイントで取り入れたり、バックパックが無地のマリメッコのものだったりというファッションも見かける。またインテリアのアクセントにマリメッコの食器やテキスタイルを取り入れている人も多い。

そもそも、フィンランド人は倹約家が多いと思う。分不相応のブランドもので身を固める行為は格好悪いものとされているし、マリメッコの服自体、ハイブランドではないけれど若者には安価ではないので、小物使い程度がちょうどいいのではないかと思う。

日本人からしたら物足りないかもしれないけれど、私はそんなフィンランド人のつつましいおしゃれの仕方が、かわいらしくて好きだ。

魚がおいしいなら住めると思う

ヘルシンキは田舎だ田舎だと事あるごとに言っているけれど、首都らしくイベントは結構やっている。毎週何かしら、フリーマーケットとか展示会とかトレッキングツアーとか、ネットで検索すれば至るところでやっていて、ちゃんとアンテナを張っていればそれなりに飽きることなく過ごせる。ついこの前もインテリアの展示会に行って最新家具や小物を眺めてうっとりとしてきたし、先週末は大規模なフリーマーケットに出かけていって、そのくせセカンドハンドではない、でも素敵な作家手作りのバースデーカードを手に入れてきた。

夏が終わりだんだんと日が短くなってきて曇りの日も増えてきた今、わざわざ出かけていくのはなかなか良い。と私は最近思っている。秋は、フィンランドでは鬱《うつ》が増えるとされている季節だ。日照時間が短くなるだけでなく曇り続きでガクッと暗くなるので、ガクッと来るらしい。なので口実をちょっと無理にでも作って出かけていくと、朝のパリッとした冷たい空気とか、秋になって変わっていく葉っぱの色とか、そんな大げさじゃなくても小さな非日常で脳に刺激を与える、それが気持ちの休養になるような気がしている。

そんなイベントの中でも私が毎年ひっそりと楽しみにしているのは、ずばりニシン祭りである。

フィンランド語で「Silakkamarkkinat」と呼ばれるこのイベント、単純に訳すとニシンマーケットで、北欧名物ニシンの酢漬けを30以上の業者がこれでもかと売りまくる、10月の風物詩だ。開催場所は映画「かもめ食堂」のロケ地として有名な港のマーケット広場。

自分でもなんでそんなにこのイベントが好きなのかはわからないけど、移住してきて以来、毎年行っている。

まず、ニシンの酢漬け、これが好きだ。スーパーでも売っているけれど、マーケットでは漁師や加工業のおっちゃんが直接テントで、もしくは乗りつけた船で売ってくれるのがいい。

魚の酢漬けってどうなのよ、と敬遠する人もいるけれど、要はままかりの味だ。ままかりみたいに昆布や魚卵などは入っていないものの少し甘みのある酢に漬かったという点ではほぼ同じで、日本人の口には合うと思う。さらにフィンランドではスタンダードな酢はもちろん、ニンニク漬けとかトマト漬けとか、フィンランドっ子大好きマスタード漬けとかいろいろバリエーションがある。

それらを、4パック買えば3パック分の値段でご提供、とか、いやいやうちの店ではパンもおまけにつけちゃうぜ、とか、フィンランドでは珍しく商魂たくましい売り方をしているのが、たぶんお祭りみたいで私には楽しいのだ。

それからニシンだけじゃなく、漁師自慢の一品なんかも売っている。たとえば酢漬けのニシンによく合う黒くて甘いパンだとか、ライ麦の薄っぺらいパン。火を入れたサーモンロール、スモークサーモンはもちろん、サーモンや白身魚の塩漬けなるフィンランド料理もあり、私はこれが大好物だ。

作り方はいたって簡単、生で食べられる魚に岩塩とディルやローズマリーなどのハーブをのっけ、冷蔵庫で一晩、岩塩がとけるまで寝かせる。そうすると身がプリッと締まってふんわりハーブが香るおいしい塩漬け魚ができあがるのだけど、自分で作るのとお店で買うのとはやっぱり何かが違う。そしてフィンランド中で一番うまいと私が認めているお店がこのニシンマーケットにも出店する。漁師さんがやっている家族経営のお店で、普通のスーパーには出回っていないので普段は買えないのだ。そこのホワイトフィッシュの塩漬けは毎年買っている。

塩漬けにされた魚は焼くのではなくそのまま食べられるのでちょっとお刺身に似ている。ライ麦パンにのっけたり、ご飯を炊いて朝ごはんのお供にするのもいい。

他にもスモークした塩だとか、その塩で漬けたイクラなんかも売っていたりして、シーフード好きにはたまらないイベントだ。

そもそもニシンの酢漬けでイベントを1週間もやっちゃうところがすごい。他の食べ物関連のイベントはたいてい週末の2日間だけとかそんな感じだ。世界一まずい飴として有名なサルミアッキ（&リコリス）祭りも同じ10月に開催されるけどやはり2日間のみ。

それを考えるとこの国のニシンの位置付けって一体、とか、採算取れるからやってるんだろうな、とか思いを馳せつつも、毎年のことながらたくさん買ったニシンやその他戦利品を両手に提げて達成感と共に「はあ、すごいイベントだねぇ」とため息をつくのも、恒例行事になっていて楽しい。

25　魚がおいしいなら住めると思う

大切な話ははだかんぼうで

間接照明に照らされた薄暗い木の箱の中に、石から立ち上る蒸気が籠っている。

正面のベンチに座っているのは真っ裸の男性たち。文字通りの全裸。

まあ、なんていうか、丸見えである。よく言えば見放題。

なるべくそちらを見ないように私は壁の温度計に視線を集中させる。
2、3人いる女性もビキニだけの姿で、別に裸の他者を気にする風でもない。
そんな男女が10人近く、膝を突き合わせるような距離感で、薄暗い箱の中に座りみじろぎもせずじっと汗を流している。

これ何かの儀式だったっけ、と熱と蒸気で頭がクラクラしてくる。

フィンランドは言うまでもなく、サウナで有名だ。

サウナという言葉自体、今や世界中で使われているけれど実はフィンランド語であ

る。

「本当にサウナって入るの？」とよく聞かれる。ええもちろん。本当に、入る。

地元の人がどうやってサウナと関わっているかと言えば、たとえば私が以前住んでいたヘルシンキ市内のマンションには、最上階に共同サウナがあった。

何曜日のこの時間はこの家庭、という風にシフトが決まっていて、週に一度、1時間だけ枠を買って、貸切状態で使えるのである。地下にサウナがある集合住宅も多い。

それから今住んでいる家には、シャワーの横にサウナが付いている。

こちらは我が家のものなので完全プライベート。好きなときにスイッチをカチリとひねれば電気で自動的に温まってくれ、いつでも入ることができる。

もちろんガイドブックに載っているような街中の共同サウナに好んで行く人もいるけれど、それはほんの一部、日本で言えば銭湯愛好家的な存在で、どちらかというとサウナが付いている自宅を理想としている人が多い。

これも日本で言うバスタブ付きのアパートとか、風呂トイレ別のアパートが好まれるのによく似ていると思う。

さて、そんなフィンランドにはサウナデーという素敵なイベントがある。

普段は一般開放されていないプールやジム付属のサウナだったり、会員制のサウナ（というのがある）だったりを開放して無料で楽しもうぜ、というイベントだ。

ウェブ上で行きたいサウナの場所を確認したらタオルと着替えと飲み物（多くはビール、ロングドリンクなどのアルコール）を持って出かけるだけ。

もちろん誰でも参加できる、なんとも気軽でリラックスしたイベントだ。

しかしだ。

サウナというのは、日本の銭湯同様、衛生上の理由から本来は裸で入ることを前提としている。

男女混合サウナの場合はそれでも一応は考慮されて「水着やタオルを着用してもいい」ということになっているけれど、あくまでも着けてもいいという許可であって義務ではない。なのであまりにも気楽に出かけていくと、冒頭のようにうっかりたくさんの裸を目にすることになるので、なんというか、注意が必要だと思う。うっかり何かが見えて「ぎゃっ」とか言っちゃわない注意。それから心の準備も。

そもそもフィンランド人は裸になることに対する抵抗が少ないように思う。気温が15度以上になれば半裸でビーチバレーをしたり（ビーチバレーのネットが至るところにあるのがまずおかしい。夏短いのに）、公園でシャツを脱いで寝そべってビールを飲んだくれたり（そしてそれはピクニックと呼ばれているが本当は響きほどかわいいものではない）、そうじゃなくてもただなんとなく暑いからといって上半身裸にリュックを背負って自転車に乗ったり。

これが男性だけかと思えば、おばあちゃんでもビキニにサングラスで決めて、隣人から丸見えの庭にデッキチェアを出してでーんと日を浴びているのである。

冬の日照時間が少ないから、とか、夏が短いからとか最初はそれなりの理由を見つけ出して自分を納得させていたけれど、最近では要するに裸になりたいだけなんだな、と思うようになった。そしてそれを誰も気にしない文化。

フィンランド人の裸エピソードで面白いものがある。

私の夫が、弟と一緒に公共サウナに行ったときのこと。真冬に森の中にある昔ながらのスモークサウナを楽しみビール片手に外で涼んでいたところ、制服を着た若い警察官2人組が話しかけてきたそうだ。

この辺でチェーンソーを持った不審者を見たと通報があったらしく、君たちは何か見かけなかったか、変な物音を聞かなかったかと簡単な質問をされることになる。

しかしそのとき、夫と義弟は一糸纏わぬ姿。警察官の方も何も気にするでもなく、「森でチェーンソーなんて映画みたいだな、わっはっは、ほらなんだっけあの有名なやつ」と世間話を始めたそうだ。

何度も特筆するが、季節は真冬、雪の中、真っ裸の男2人と世間話である。警察側もせめてタオルでも羽織るようにとか勧めればいいのにそうするでもなく、サウナはどうだった、など職務に関係ない話を一通り続けて帰っていったそうだ。

こんな光景はフィンランドでは普通のことらしい。

そういえば企業のビルにはたいていサウナがあって、そこでクライアントとの商談や契約さえもしちゃうんだから、真っ裸の職務質問なんてきっとなんでもないのだろう。

世界一まずい飴を有する国

もうめんどくさいからここではっきりさせておきたい。

あの世界一まずい飴と言われているサルミアッキをフィンランド人は本当に食べるのか、という問題についてだ。

サルミアッキ、もしくはリコリスについてはフィンランド在住者として腐るほど質問されるし、そのたびにフィンランドの文化を正しく理解していただこうと丁寧に答えようとしているのだけれど、移住して数年、ちょっともう飽きてきてしまった。

一応説明しておくと、サルミアッキというのは黒くて、石っころみたいな形状をしている飴である。塩化アンモニウムと甘草《カンゾウ》が使われているため、ちょっとしょっぱくてほんのりアンモニウム臭という独特な味がする。それゆえ、日本のバラエティ番組などで罰ゲームに使われるかわいそうな存在だ。飴ほど硬くなく、噛むとグニャリとしている。

対してリコリスは同じくカンゾウが使われた甘いバージョンで、イチゴ味だとかブルーベリー味だとかレモン味だとか、バリエーションはたくさんある、けれどまあやはり〝まずい〟ので有名だ。こちらはフィンランドだけではなく、北欧諸国、それからオランダなんかでも食べられている。

どちらも色は黒く、ときにはフルーツの色をイメージした鮮やかな食紅が使われているので、毒々しい見た目をしている。なんというか、どう見ても体に悪そう。

一番多い質問は「本当に現地の人はおいしいと思って食べているのか？」だ。

もちろん食べるから市場に出回っている。

スーパーの飴コーナーで黒いパッケージを見つけたら、だいたい奴らだと思っていい。よく見てみると棚の半分ぐらいは黒いので、それだけ需要はあるのだろう。

たとえばかわいいムーミンのパッケージのお菓子でも注意が必要で、パッケージに黒が入っていたら危険。これ、フィンランドで無事に生き抜くための常識である。

フィンランド人がサルミアッキやリコリスをどう思っているかというと、好きな人にとっては「くせになる味」だ。常に持ち歩いている愛好家もいる。とはいえ、もちろん好まない人もいるので、日本における納豆と同じだと思う。

「食べてみなよほれほれ」と海外からの客に対してやたらニヤニヤしながら勧めるあたりも納豆ハラスメントとよく似ている。あ、違うか。納豆ハラスメントは職場で臭いを振りまいて迷惑ってやつだ。でもまあ訪日外国人への入国テストみたいな正義感を振りかざして納豆を勧める日本人、結構いると思う。うちの母もその類で、帰国のたびにサルミアッキをお土産に持っていく夫に、「あなたが納豆食べたらね」と応戦している。

　ちょっとサウナで出会って話したフィンランド人に「フィンランド生活はどう？」なんて聞かれたとき「食べ物がおいしくって気に入ってます、リコリス以外は」とか一言付け加えるとニヤリと喜ばれることが多い。

　逆にほんのり塩味サルミアッキは、実は私は大丈夫で食べられるのだけど、それを言うと「まじか！」とちょっと残念そうに喜ばれる。なんなの一体、どっちがいいの、とたまに混乱する。

　次に日本人からよく言われるのが「じゃああの薬品臭さは体にいいからみんな食べてるんだね」という良薬口に苦し説だけど、別にフィンランド人、そんなにマジメじゃない。私が調べた限り体にいい説は見当たらないし、どっちかというと砂糖やら化学物質やらが使われていて体に悪そうな印象しかない。

　スーパーや映画館に行くと「ＴＶミックス」なんていう名前で色のついた明らかに体に悪そうなリコリスのミックスが売られていて、いい大人がそれを買って映画を観ながらもぐもぐするのだけれど、まあそんな使われ方だから映画を観ながら食べる特大アイスクリームやポテトチップスと同じで、体に悪いけどやめられないという認識が普通である。

　ちなみに妊娠中、授乳中に食べてはいけないものリストにもサルミアッキ・リコリスは載っていて、そんなものが載っているのはこの国とお隣の国ぐらいだろうと思うのだけれど、含有成分グリチルリチンが血圧を上昇させる原因の一つになるから良くないのだそうだ。

　うちの夫は心配性で、そういった食べてはいけないものリストなんかを細かく私に守らせようとするのだけれど、まあわざわざつわりや子育てで体調が狂っているときに食べようとはしない。とする私の横で当の本人がサルミアッキ味のガムを嚙んでいたりする。

サルミアッキが食べられる私にもおぞましいのは、サルミアッキ・リコリス味の何か、がこの国にははびこっていることだ。キシリトールガム、チョコレート、アイスクリーム、ヨーグルト、ポテトチップス、綿あめ、紅茶。お気に入りの海辺のレストランでサルミアッキ味のパンナコッタが出されたときには目眩《めまい》がしたし、スーパーの製菓材料コーナーで「これでなんでもサルミアッキ味に！」と言わんばかりにサルミアッキの粉なるものが売られているのを見たときにはさすがに逃げ出したくなった。もともと人工的に色のつけられた甘いお菓子を苦手とする私は、サルミアッキの味自体は大丈夫だけど、それを砂糖と混ぜられると甘味料やら食紅やら化学調味料で気持ち悪くなってしまうのだ。

最近はちょっとおしゃれになった奴らも流行っていて、あら素敵なパッケージのチヨコ、と思って手に取るとリコリスかサルミアッキだったということも多々あるので本当に注意が必要だ。手土産に良さそうな高級志向のチョコはなかなか見つからないのに、サルミアッキはいくらでもあるという不思議。それがこの国フィンランドだ。

ぜったい太る

ちょっとこれを見ておくれ、とあるとき夫が一枚の画像を私に見せた。フィンランドの、理想とする食事の摂り方なるものだ。

日本では、朝は炭水化物をしっかり摂りましょうだとか、夜は食べ過ぎず寝る4時間前までに食事を済ませましょう、だとか言われている。

きっとフィンランドもそんな感じなのだな、と見ると、そこには私の知らない世界が繰り広げられていた。

まず、朝昼晩と3度あると思っていた食事が、5度ある。

朝ごはん、昼ごはん、午後のおやつ、夕ごはん、そしてなんと夜食だ。

夜食というのはどうしても夜更かししなければいけないときに罪悪感を持ちながらなんとかカロリーの低いものを見つくろってするもの、もしくは罪悪感をスパイスに好きなものを思いっきりむさぼって不良気分にひたるものと思っていた私は、堂々と推奨されている夜食にびっくりだ。

食べると良いとされているものは軽いオープンサンド。

この国の人はお腹が空いたらまずサンドイッチだ。私の好きなフィンランドの推理小説にも「小腹が空いたので帰宅後キッチンでサンドイッチを作り立ったままつまんだ」というような記述がある。サンドイッチってお昼ごはんじゃなかったっけ、と初めて読んだときはきょとんとしたのを覚えている。

そして夜食のお供には果物と紅茶。

コーヒーよりはカフェインが少ないと言われている紅茶を、ということなのだろうけれど、寝る前にそんなに水分とカフェインを摂るのもなかなか攻めているなぁと感心せざるを得ない。

そのせいか朝ごはんは軽く、プーロと呼ばれるミルク粥とサンドイッチ、牛乳にコーヒーだ。プーロはオートミールや米、セモリナ粉などを煮て、ベリー類を入れる。朝からわざわざ調理するのが面倒な場合は、熱湯をかければできあがるものや、牛乳をかけて電子レンジで3分でできるものなども売られている。

　保育園では朝ごはんも出してくれて心の底からありがたいのだが、その朝食も8割方プーロだ。

　セットで推奨されているサンドイッチは食物繊維豊富なライ麦パンやオーツ麦のパンが一般的で腹持ちもいい。スープを朝から飲む習慣はあまりなく、その代わりの温かい食事がプーロなのだろう。


　昼ごはんは、外に食べに出るとビュッフェ形式の店が多い。

　フィンランドの一般的な労働拘束時間は8時間、実労働時間7時間半。つまり昼休憩は30分とされている。

　それゆえ注文して料理を待つ暇なんかなく、さっと入ってさっと食べ始められるセルフサービスのビュッフェ形式が主流だ。注文式の店もサラダなどの前菜はセルフで、食べている間にメインがテーブルに届くところも多い。

　他にもビュッフェ形式ではないランチの代表格として、サラダランチやスープランチというのもよく見かける。

それぞれにライ麦パンなどずっしりしたパンが付いてきて、大皿で出てくるのでそれだけでお腹いっぱいになる。店側もできているものを出すだけで人件費削減にもなるし、やはり待つ必要もない。

が、実際はみんな30分を超過して休憩している。食後のコーヒーとちょっとした甘いものも含まれているのが普通なので、タイムカードがある仕事でない限り、みんなデザートまでしっかり堪能していく。

推奨されているランチは大皿に半分が野菜、4分の1が炭水化物で残りの4分の1がタンパク質、ということになっているけれど、みんな絶対それ以上に食べている。食べ過ぎている。ビュッフェともなれば文字通り山盛りに野菜もメインものっける人を頻繁に見かけるから、きっとそれがフィンランド流なのだろう。

そして午後のコーヒーである。

一人あたりのコーヒー消費量が世界一多い国フィンランド。みんなしょっちゅうコーヒーを飲んでいるので別に推奨されなくても良いようなものだが、一般的なランチタイムが11時からなので、夕飯前に血糖値を保つために甘いものでも、ということだろうか。例の推奨画像にはしっかりコーヒーとプッラと呼ばれる甘いパンが載っている。

このプッラが曲者だ。

カスタードがのっているもの、カルダモンが練りこまれているシンプルなもの、それからフィンランド名物シナモンロールなんかもプッラの仲間に含まれるのだけれど、私の知っている限りフィンランド人がこれを食べているのは午後だけではない。

夫の会社ではクライアントとの長めのミーティングとなれば、ケータリングで近くのカフェからコーヒーの入った大きいポットと、このプッラを取り寄せる。

他にも従業員向けの一日講習会なんぞに参加すれば食事が付いていることもしょっちゅうで、朝ごはんのサンドイッチ、講習、朝コーヒーとプッラ、講習、ランチ、食後のコーヒー、講習、午後のコーヒーとプッラ、解散、なんていう具合に、ハイライトかというぐらい頻繁に登場している。

友人宅にちょっとコーヒーにでもおいでよ、と招かれていっても、コーヒーとはコーヒーを意味せず、たいていプッラがセットになっている。

私もこのプッラは好きだし家でも作るけれどそのバターの使用量は相当で、将来太るとしたらこれが原因だな、と細心の注意を払っておつきあいをしている。

夕飯は軽くて早い。

一般的な退社時間が16時なので、18時頃に食べる家庭が多い。

内容は簡単でいい。冒頭の画像に戻ると魚のスープにパン、フルーツ。以上。

他の似たような画像もシチュー（おそらくカレリアシチューという牛肉をオーブンで仕上げた郷土料理）とパンだったり、サーモンと茹でたポテトと野菜だったりとあっさりしている。

特徴的なのはどれもワンプレートで、これがものすごく楽なのだ。

私も引越ししたての頃は日本人らしくちまちまと小皿を使って一汁三菜だの用意していたけれど、すぐにフィンランド式の大皿どん！　形式に慣れてしまった。

一皿に主菜も副菜も炭水化物ものせると、栄養バランスを可視化できる。食洗機に任せるとはいえ洗い物が少ないのもいいし、用意する方も簡単だ。

準備も片付けもささっと済ませて、リビングに移動して家族団欒の方が精神的にはいい。夏ならば夕飯を終えてもまだ明るいので散歩に出かけたり、なんなら泳ぎに行ったりすることもある。

それゆえの、と一巡してきて、夜食なのだ。

私も子供ができるまではずっとこの夜食の習慣を解せないものとして、なんなら太る原因とあざ笑っていたけれど、夕飯を17時に摂ることを目標としている現在はやはり寝る前にお腹が空く。

子供には19時過ぎに夜食のプーロを食べさせて歯を磨いて寝かしつけ、とし、それが終わってから、夫婦で冬ならホットワインを飲んだり、夏ならテラスに出て冷たいものを堪能したりするついでに、軽く何かつまむこともある。

それでも寝かしつけや後片付けがうまくいけば就寝4時間前に当たるのだから、フィンランド時間おそるべし。

この国に腹時計までゆったりさせられた気分だ。

家を見れば国がわかる

白い大聖堂、サンタクロース村、オーロラ。フィンランドの見どころは数多くあれど、ガイドブックに載っている名所はもういいよ、という人には私はぜひともアパート探検をおすすめしたい。

私個人が海外旅行に行ったとき、何が一番面白いかというとその土地のスーパーやマーケット巡りなんだけれども、それは地元の人の生活ぶりがうかがえるからで、同じ視点でフィンランドのアパートメントを見てみると結構ユニークなんじゃないかと思う。

まず、一口にアパートと言ってもいろいろあるけれど、日本でマンションと呼ばれる高層式集合住宅から言及したい。ここでは日本に合わせてマンションと呼ぶ。

高層式、とは言ったがフィンランドには高い建物があまりないので、7、8階建ての上の方にでもなればだいたい辺りが見渡せる。余談だけど以前外資系ホテルチェーンが32階建てのホテルをヘルシンキに建てようとして、高すぎる、と許可が下りず16階建ての建物を2つ並びにした、というエピソードがある。それぐらい高い建物がない。

そしてマンションは四角く無機質な見た目をしていることが多い。市の中心地など観光客が行く場所はまだ古き良き時代の美しい、装飾が施された100年ものの建物なんかが残っているけれど、メトロでふた駅も行けばその光景は日本のベッドタウンと変わらず、北欧デザインを期待して来るとちょっとつまらない見た目をしている。

ただし中が断然に面白い。

まず、マンション内にはたいてい地下とか半地下がある。私が以前住んでいたマンションの地下室には物置スペースがあり各戸ごと4畳ほどの広さが与えられていた。金網で区切られ扉に鍵もかけられる区画で、扇風機や加湿器など季節用品や工具を置いていた。ただし他の人から中が丸見えなので、貴重品や恥ずかしいものはあまり置けない。

それから冷蔵室もあった。元は冷蔵庫がなかった時代に地下の涼しさを利用してじゃがいもなどを備蓄しておく場所で、これもみかん箱が3つ入るくらいのサイズに区切られ各戸に割り当てられていた。なまものを置けるほど冷えているわけではないけれどひんやりとしていて、もちろん本来の目的通り根菜を置いておくのもいいけれど、最も一般的な用途はなんといってもビールのストックだ。フィンランド人はビールをよく飲む。エストニアからフェリーで何カートンも安く仕入れてきて、冷蔵室に置いておくのだ。そんなわけで冷蔵室におけるアルコール盗難は割とよくあることだという。心配性のうちの夫はワインを備蓄していたけれど、ドアにしっかり南京錠と目張りをして何が入っているかわからないようにしていた。

それから地下室と言ったら欠かせないのがサウナ。これも住民共有のもので時間枠を買って、毎月サウナ料を払い入る仕組み。うちの今の家にはシャワーの横に小さいサウナが付いていて好きなときに入れるけれど、マンション共有の場合は個人のものよりも広く自分でサウナストーブの石を替えたり掃除したりと管理する手間がないので、あれも良かったなぁと今になって思う。

半地下や1階のスペースに駐輪場がある建物も多い。自転車だけでなくベビーカー、冬はスキー板やソリなども置いておける。

あとはマンションによっては、ＤＩＹ室があるところもある。自分で家具を直したり作ったりするときに気兼ねなく騒音を出せるし、工具も共有のものがあるのでわざわざ買う必要がなくてとても便利だ。

共有のもの、といえば私が今住んでいるところは高層式のマンションではないけれど、ここら一帯のコミュニティがあり、共有の小屋がある。その小屋には、いつでも借りられる落ち葉かきや雪かきなどの道具が詰まった倉庫もあるし、事前予約で借りられる30畳ほどの部屋もある。部屋の中には長椅子、長机、ミニキッチン、トイレがあり、主な用途は子供のお誕生日会だ。なぜだか古い卓球台もあるので、住民の卓球大会なんかも昔はやっていたのかもしれない。

他にも、うちのマンションには書斎サイズの図書館があるよ、なんて人もいるし、無料のトレーニングルームが付いている建物も見たことがある。建物によって違うので、人のマンションに遊びに行って、ちょっと地下見せて、なんて頼むのも楽しいかもしれない。

以前日本から友人がやってきたとき、やはり義父が興味深いだろうから、と彼が住んでいるマンションの地下を見せてくれた。倉庫、駐輪場があり、フィンランドではいたって普通の設備だ。しかし地下室ツアーを終えたとき一言、地下室への重い鉄の扉を指しながら彼が放った言葉が衝撃的だった。

「こうやって非常時には防空壕として閉じられる仕組みになっているんだ」

ぼうくうごう。戦争映画の中でしか見たことがないその存在を、まさか日常生活で目にするとは思わず、私は自分の耳を疑って聞き返した。

「あの、戦争のときに敵から逃げて隠れるやつ？」

すると、うん、と深い頷きが返ってくる。

よくよく聞くとフィンランドでは法律により、一定の床面積以上を持つ建物には防空壕を作らなければならないらしく、家に帰って見てみると当時私が住んでいたマンションの地下室にも、ドアに「非常時には防空壕になるよ」というサインが貼られてあった。

一戸建てや戸数の少ないアパートに住んでいる場合は各地域にある公共の防空壕を利用でき、ウェブサイトで最寄りの避難所を確認できるようにもなっている。

幸いにもそれらを利用する機会が訪れたことはないけれど、さすが徴兵制度がいまだにある国、平和ながらも戦争を匂わせるものはすぐ身近に、自分の家の地下にだって潜んでいるのだ。

マンションや一軒家の中の設備もいろいろとユニークでフィンランドならではのものが多いので、いつかまた紹介したいと思う。

上階から汚水が降ってきた。

中世の話ではない。堂々の21世紀、首都ヘルシンキでの出来事だ。

前日に磨いたばかりの窓を流れていく汚水のしずくを見て、私は生まれて初めてフィンランド語で悪態をついた。汚い言葉を使ったのは後にも先にもその一度きりだ。

そこは夫が結婚前から所有していたマンションの一室だった。

その地域は人気のエリアで、似たようなマンションばかり立ち並んでいた。私からするとそんな団地みたいなエリアのどこが魅力的なのか最初はぴんと来なかったけれど、中央駅までもそう遠くない立地の良さと、緑の多い静かな環境が住みやすかった。ビーチまで徒歩圏内なのも人気の理由の一つだそうだ。特に泳ぐのが好きでもない私は、夏短いのに、ぐらいに思っていた。

だから住んでいる場所を人に聞かれて答えたときの「いいエリアですね」というお

世辞みたいな反応を見たときも、新聞に出る「住みたい町ランキング」に上位入りしたときも、もやもやとしていた。ここに住んでいることを自慢みたいに思っているフィンランド人は多い。でも私はそういうのは嫌いだ。

親が転勤族で引越しを人より多く経験した私は、土地の魅力はその人の魅力にはならないことを知っている。

現に、その人気エリアの、海が見えるガラス張りバルコニー付きのマンションで、我が家のふたつ上に住んでいる人は、自慢に思える魅力的な隣人、ではなかった。

一人で住んでいるその彼の名を仮にPとしよう。推定50代のPの住まいは最上階で、間取りも他の家より広かった。海外でビジネスをしているらしく、きっと資産があるのだろうなと私は思っていた。

ただし資産と人柄、もしくは資産と幸福度は関係ない。彼はいつも不機嫌そうな顔をしていた。1台しかないエレベーターでばったり会おうものならば、わざわざ別の階で降りて階段を上っていく。どこに住んでいるのか知られることを強く警戒しているようだった。

居住年数の長い彼にまつわる伝説はいろいろとあるのだけれど、私が一番好きなのはこれだ。

そのマンションには自治グループがあり、代表住民が年に何回か集まり、問題を話し合ったり修繕の計画を立てたりする。共同玄関のオートロックのコードを定期的に変更するのもこの会で、代表者が次のコードはこれです、と告げようとしたとき、Pが素早く立ち上がり止めに入ったそうだ。

「しっ！　誰かが盗聴しているかもしれないから！」と。

Pが指していたのは天井。その集まりが行われた近所のカフェは1階建てで上階に誰かが住んでいるわけでもないし、仮にそうだとしても普通は声なんて漏れないし盗聴する人もいない。

その場にいた他の住民たちは、これはなんだか厄介だぞ、とそっと目配せして話を合わせ、コードは筆談で伝えられることになった。

そんなPは騒音が我慢ならない。

我が家の一つ上の階には30歳前後の兄弟が住んでおり、音楽好きの仲間たちが週末になると集まってパーティーをすることもあった。

私の日常のパーティーというと、手作りのお菓子がテーブルに並ぶお誕生日パーティーなどのマイルドなものがほとんどなのだけれど、そこの兄弟は本当に映画みたいな賑やかなパーティーを、賑やかな音楽とともにやっていた。それでも毎週ではなくまれなことだったし、夜中には収まっていくので私も夫も目をつぶっていた。

その兄弟はたまにエレベーターで会うと、この前の週末はごめん、うるさくなかった？　などと気さくに声をかけてくれる人たちでもあった。彼らの気持ちもわかる。きっと自慢の夜景が見えるバルコニーで人を集めてお酒を飲んだら楽しいのだろう。私たちは根暗なので週末家で過ごすとなるとゲームをするか映画を観るぐらいだったけれど、理解はできる。

しかし、Pは違う。

フィンランドの、二重三重にもなっているドアや窓を突き抜けて漏れるベース音や酔った若者たちの笑い声、タバコを喫煙所まで吸いに出るのかドアを開け閉めする物音が、きっと彼の睡眠を妨害するのだろう。

パーティーの翌朝には必ずと言っていいほど、壁をガンガン打ち付ける音が上階の方から響くようになった。朝6時ぴったりに、だ。

最初は偶然だろうと無視していたけれど、それがやがて電動ドリル音に変わった。

それも何かを取り付けている様子はなく、ひたすら、ドゥルルル、ドゥルルル、と穴だけいくつも空けているような。

Pだ。共同廊下に出て、階段を上っていって、夫が突き止めた。パーティーの翌日には必ず、Pが壁を打ち付け、壁に穴を空けまくっている。恐らくは、復讐のために。

そんなことが続いたある日、季節は夏になり、バルコニーの窓ガラスを開けることも多くなった。ガラス張りのバルコニーは春も秋も楽しめて良いのだけれど、夏ともなれば窓の一部を開けないと温室状態になる。どの部屋もそうやって窓を開け放していた。

そこへ、汚水が降ってきた。月曜の午前中、やはりパーティーのあった週末の後のことだ。

私はそれでも平和ボケしていて、植物の水やりに失敗してしまったのかしら、なんて優雅に構えていたけれど、一度だけではなかった。何週かに亘って数回続き、窓を開け放していないときに我が家の窓にもしっかりと流れてきた水を見ると透明ではない。どことなく汚れている。

窓から上を見上げると、上階の兄弟の家は留守のようで、これは間違いなくPだなとわかり、夫がついに管理会社に電話した。一度の電話ではなかなか真剣に取り合ってくれなかった管理会社の担当も、何回か電話しているうちに、たった今起こった、俺も妻も父も見た（義父がたまたま来ていた）という夫の申告でようやくP本人に連絡を取ってくれることになった。

後日管理会社からの折り返しが来た。

驚くことにPはあっさりと自分がやったことを認め「奴らがうるさいからやったのだ」とむしろ開き直ったそうだ。担当者は呆れかえって、もうしないように、とだけ警告した。

他にも、Pの部屋の上階にある共同サウナに我が家のシフトの日に入っていたら「時間を過ぎてまで入るな！」とご丁寧にドアに匿名の張り紙をされたこともある。身支度に時間がかかって終了時刻を数分過ぎていたのは認めるが、常に見張られているようで居心地が悪かった。

したがって、子供が生まれると早々に私たちはそのマンションを売って、別のエリアに住み替えてしまった。

今住んでいる場所では隣人たちに恵まれ平和に暮らしているが、たまに住んでいるエリア自慢をする人に遭遇すると、それが日本人であれフィンランド人であれ、汚水が降ってきた話をしたくてうずうずしてしまう。

武者震いが止まらない

私が妊娠に気付いたのは、フィンランド生活が2年目に入ったところだった。フィンランド語はまだまだ勉強中で難しく、歯医者の予約さえ夫に頼まなければいけない、そんな右も左もわからない状態の頃だ。

それでも子供はフィンランドで産むことに決めた。外国で怖くなかったんですか？とたまに聞かれる。けれど当初は、お産自体初めてだから日本での勝手もわからないし同じだろう、と大雑把な気持ちだった。フィンランドでなら医療費全部タダ、というのも、大きかった。まあ実際のところは全部がタダというわけにもいかず、予想を裏切られることもあったのだけれど。

ともかくそんな思惑があり、自宅で市販の妊娠検査薬を使い妊娠がわかったあとは、夫に頼んでネウボラという機関に電話してもらった。

ネウボラは、日本でいう婦人科のような場所だ。各地域にあって、妊娠中から出産後の子供の健診など、子供が小学校に上がるまでずっと面倒を見てくれる。

日本の婦人科と少し違うのは、毎回の診察で会うのは医者ではなくネウボラに特化した保健師であること。そしてその保健師は親しみを込めて、ネウボラおばさん、と呼ばれている。

予約のための電話口に出たそのネウボラおばさんに、夫が照れながらも「妻が妊娠したんですけど」と伝えると、そんな電話はしょっちゅう受けているであろう相手は手放しに「まあおめでとう！」と明るく言ってくれたそうだ。

私は残念ながらその場にはおらず後からそれを聞いただけだったのだけれど、ちょっと感動した。初めての妊娠で、夫婦ともにわくわく感と、どうしようどうしよう何から始めようと右往左往する気持ちを抱えているときに、プロであるネウボラおばさんにまずはおめでとうと言ってもらえたこと。素直に妊娠を喜んでいいんだ、と認められたような気分になった。

さらに電話口の人は、我が家の担当者になるネウボラおばさんを決める際「せっかく初めてなんだからベテランの人にしておくわね」と気遣ってくれ、その他妊婦に必要なサプリや栄養面で気をつけなければいけないことなど丁寧なアドバイスをくれた。

そこまではよかった。

けれどその後、じゃあこの日に初回の予約を入れておきますね、と告げられたのは妊娠8週に当たる、その電話からひと月も先の日付だった。

すでにしっかりとした吐きつわりがあった私は、それでも本当に妊娠しているのか、しているなら子供は無事なのかと不安だった。まだ早すぎて家族や友人に相談もできない段階だ。

早く診てくれよ、と焦る気持ちを抱えて私はそのひと月を過ごすことになる。疑問が生じたらネウボラに電話して聞くしかなかった。その電話に逐一丁寧に答えてくれたネウボラおばさんたちのおかげで、私たち夫婦はだいぶ救われた気がする。それは初回のネウボラ訪問の後でも、子供が生まれてからでも、同じだった。妊娠中のちょっとした異変や、子供の育て方についてわからないことがあれば電話をしてアドバイスをもらった。下手な育児書よりも確実で、安心できる情報源だからだ。

その一方で、妊娠がわかってまず私が取り掛かったことがある。妊娠用語集を作ることだった。

英語でも、ましてや日本語でさえも聞きなれない単語がたくさんある妊婦生活だ。

助産師、胎児、胎盤、羊水、エコー検査、つわり、こむら返り、陣痛……。それらをフィンランド語と英語の両方で言えるように表にまとめた。

それから各種書類仕事のスケジュール表も。生まれてくる子供は21歳になるまで、国籍留保といって、日本国籍とフィンランド国籍の両方を持つことになる。そのためには大使館だったりこちらの住民登録所であったりいろいろ手続きが必要で、漏れがないようにチェックした。

また、日本に一時帰国した場合も視野に入れ、子供の各種健康診断や予防接種のスケジュールもフィンランド版と日本版の対応表を作った。

それらの表を眺めながら、これはなんだか大変なことになるぞ、と覚悟した。

そもそも夫との入籍自体も煩雑な書類仕事が山のようにあり（日本から戸籍謄本を取り寄せ、独身証明書的なものを作り、フィンランドで入籍し、日本の婚姻届に記入し、パスポートを変更し、などなど……）かなり面倒だった。海外で子供を産んで、いわゆる「ハーフの子」として育てるのは、簡単なことではない。

妊娠はそのための入門審査のようで、私はつわりと戦いながらも、一人武者震いする思いだった。

診察よりも大事なこと

ネウボラでの「初診」の予約は朝9時から入っていた。

フィンランドの冬の朝は真っ暗だ。まだ日が昇っていない中を、寝不足とつわりでだるい体を抱えながら自宅から徒歩15分の場所にあるネウボラへ夫と歩いた。

ネウボラへ着くと受付も何もなく、名前を呼ばれるのを待合スペースで待つだけだった。

フィンランドの他の診療所や病院も、緊急時以外は基本的に事前予約制で、高熱の中何時間も待合室で待たされたり、誰かにウィルスをうつされないかビクビクしたりする必要がないので本当に助かる。

担当する医師や看護師が名前を呼んでくれるので、むだな人員もいない。以前初めて診療所にお世話になったとき、患者を呼ぶのも処方箋をプリントアウトして手渡してくれたのも医師でびっくりした覚えがある。

ネウボラでは、エントランスのドアに「体調の悪い子供を連れてこないように」というお達しまでしてある。妊婦も小さい子供も出入りする場所だ、その配慮はありがたかった。

前にも書いた通り子供が小学校に上がるまで定期検診に来る場所なので、待合室には子供が座れる椅子とテーブル、おもちゃ、絵本などが用意されており、隅には衝立と授乳スペース、トイレにはおむつ交換台はもちろん各種サイズのおむつやおまるも用意されていた。私たちの他に乳児や幼児を連れたお母さんたちもたくさんいた。

時間になると、担当のネウボラおばさんが私の名字を呼んだ。

我が家を担当してくれることになったのは、50歳前後の穏やかな人だった。マリメッコのワンピースを着ていて、それがふっくらした体形によく似合っている。

個室に入ると、改めて「まずはおめでとう」と笑顔で言われた。「妊娠というのはとても素敵な奇跡なのよ」とキラキラした目で言われると、私はネウボラおばさんに敬意を抱かずにはいられなかった。基本は妊娠した人が来る機関なのに、妊婦を見て飽きるわけでも演技をするわけでもなく本気でそう言っている。こういう人たちになら安心して任せて大丈夫だ、と。

それから本題に入るのかと思えば、私たち夫婦がどうやって出会ったのか、一緒になってどれくらいになるのか、結婚したのはいつかなど、まずはじっくりなれそめを聞かれた。そして緊張しているのか、それに細かく丁寧に答える夫。ちょっと恥ずかしかった。

だけどこれはネウボラおばさんの単なる興味本意の質問というわけでもなさそうだった。

というのも、ネウボラの初回訪問の前に、ちょっとした「宿題」を出された。インターネット上にあるこのアンケートに答えてね、と電話で言われてサイトを開いてみると、主に生活習慣に関する質問がずらりと並んでいた。酒は飲むのか、タバコは、ドラッグは、という質問から、運動頻度、過去の病歴、感染歴、家族の病歴にまで及んでいた。

そしてそれらに答える必要があったのは妊娠した私だけでなく夫もで、生まれてくる子供のことを考えたら当然なのだけれど、この家族がどういう人たちで本当に子供を迎える体制が整っているのかネウボラによって審査されているようだった。

審査というと若干聞こえが悪いけれど、たとえばもしうちが母子家族だったり夫にアルコールの問題があったりすると、子供を育てるにはそれだけ負担がかかるし、金銭的・物理的に別途支援が受けられたりする。生まれてくる子供を夫婦で育てるのは当たり前という前提なので、日本のように母親だけが産婦人科へ通ってすべて完結するということはなく、家族全体でネウボラのお世話になっていいのだ。

一通り雑談が終わると、そのネットで入力した回答を眺めながら、改めて生活習慣の確認と、夫は別口で用意された、アルコールに関する詳しい質問票（週にどのぐらいの頻度で飲むのかなど）に答えた。これはアルコールの問題がフィンランドでとても多いせいだろう。第二子の妊娠のときも、まったく同じだった。

それから子育ての経験はどのぐらいあるのか、ベビーシッターの経験は、いざというときに頼れる友人や家族はいるのか、それぞれの両親はどこに住んでいるのか、など聞かれ、病院の診察というよりは「家族カウンセリング」みたいだなぁという印象を受けた。

食べ物に関する指導（カルシウムを摂るように、なまものはダメ、など）は細かくされたものの、それが終わると第1回ネウボラ訪問はあっけなく終了。

あれ、血液検査や尿検査、心音チェックは……？　というか、私は本当に妊娠しているのだろうか。

フィンランド版母子手帳を渡されて、そこに出産予定日も記されているけれど、話をしただけで肝心の検査がまったくない。恐る恐る聞いてみると、「自宅での妊娠検査薬の結果を信じて大丈夫よ」と笑顔で言われてしまった。

というわけで超音波検査のある13週まで、私は自分が本当に妊娠しているのか確信を持てずに過ごすことになる。そしてその超音波検査も、驚くことに、妊娠生活を通して全部で2回しかない。

そのことは以前から聞き知っていて、「ありえない！」と憤慨している日本人に会ったこともあるけれど、私はなんせ大雑把な性格なのでまあそういうものか、と素直に受け入れることにした。日本と比べて日本の方が手厚いとか怒ってもどうしようもないし、それに実際その2回のエコー検査を受けた後となっては、もっとあの不鮮明な赤子の影を見たいかと言われても、あまり興味ない。個人的には胎動の方がよっぽど面白いと思っている。

体重管理や妊娠中の過ごし方についてもそうで、日本では細かく決まっているイメージだけど、フィンランドでは妊婦が心身共に健康的に過ごせれば大丈夫、という指針だ。実際質問すると、自転車もＯＫ、旅行もＯＫ、体重は急激に増え過ぎなきゃ大丈夫と言われた。

きっちりした人は逆にストレスになるかもしれないけれど、適当な私にはそれがすごく楽で、のんびりした妊娠生活のスタートをきれた。

世にもありがたい箱

フィンランド名物のベイビーボックス、というものがある。

大きな箱に赤ちゃんを育てるのに必要なもの、服や小物や衛生用品など、がぎゅっと詰まっていて、その箱自体が生後6ヶ月頃までベビーベッドとしても使えるという政府からの支給品だ。

赤ちゃん用品は揃っているしいらないよ、という人は代わりに170ユーロ（2020年現在）を受け取ることもできるけれど、同じものを揃えようとすると確実にその金額以上はするので、初めて母親になる人の95％はこのベイビーボックスを選ぶそうだ。

そして私ももちろん、第一子誕生のときにはベイビーボックスを選んだ。

箱の中身は毎年デザインが変わるのだけれど、ちょうど私がもらったときはデザインの切り替わり時期で新旧どっちのデザインになるかわからず、どきどきしながら箱を開けたのをよく覚えている。

　というのもその新しいバージョンはなぜかボーダー柄の服がやたら多く、ボーダー嫌いの私は、特に黄色やレインボーカラーのボーダー服はいらないなぁと思っていた。

　冬は毎日使うであろう上着もなぜか水玉模様と女の子っぽかった。

　基本ユニセックスなデザインになってはいるけれど、この年は寒色が多く男の子っぽいな、とか、この年は地味だな、と当たり外れはある。そうやって歴代のデザインを見ているのも楽しい。

　そしていざ開けてみると、残念。リリースされたばかりの新しい方のデザインだった。

　とはいえ、カラフルでちっこい赤ちゃん用品がこれでもかと詰まった箱を開けて、ひとつひとつ点検していくのはクリスマスみたいにわくわくした。

「これも入ってる、こんなものまで入ってる」

　たとえば服と一口に言ってもロンパース、ズボン、靴下からフィンランドの寒い冬をしのぐモコモコのつなぎ、寝袋や帽子まで各種いろいろ入っているし、衛生用品も赤ちゃん用の爪切り、お風呂の温度計、ベビーベッド用のシーツに掛布団からコンドームや生理用ナプキンまで、日本だったら、え、と二度見されそうなものまで入っている。布おむつや母乳パッドも1セットのみだったけれど入っていた。

特に助かったのはそれら一式をもらうことによって、子育て超初心者の私たち夫婦でも子供に何が必要なのか一目でわかったことだった。

子供が生まれるから寝袋を買うという発想は日本人にはあまりないし、袖を折り返してミトンのように手をカバーできる服も私は存在さえ知らないものだった。

第一子のときは引越しを控えていたのもあってベビーベッドを買わずに実際に箱に赤子を寝かせたりもした。場所を取らないし軽いので、寝室、リビング、バルコニーとどこへでも移動ができて便利だった。しかも段ボール素材なのでいらなくなったらリサイクルに出せるエコ仕様。

かわいいだけじゃなく、フィンランドでは珍しく細かいところまで行き届いているというなかなか賢いシステムだ。

各種企業がやっている赤ちゃん用品無料プレゼント、というのもある。

一番人気なのはスウェーデン発のおむつブランドLibero（リベロ）。会員登録をして出産予定日を登録しておけば、生まれるふた月ほど前にスーパーに置いてある「リベロバッグ」が受け取れ、中にはおむつ、ベビーオイル、シャンプー、生理用ナプキン、パンティライナー、ベビーカーに提げられるおもちゃが入っている。このバッグ自体がしっかりした作りなのでおむつバッグにしてベビーカーにかけている人も街中でよく見かける。

またベビー用品を扱うお店でも、会員登録をするとおむつや哺乳瓶の入ったセットをもらえる。

それらを大きくなったお腹で、しかも頑張ってフィンランド語で受け取りに行くのは、通過儀礼のようで照れくさくもあり誇らしい気分でもあった。

そういえば近所のスーパーで会計をしていて、「このおむつ使う？　小さいかしら」と店員さんに突然おむつのパックを差し出されたこともある。

賞味期限切れならぬ販売終了商品で、そのときは1歳を過ぎた第一子をベビーカーに乗せていたのでそれを見てのことだと思うけれど、差し出されたのは新生児サイズのおむつだった。

「この子は使えないけど、お腹の子が」とまだ妊娠して間もないお腹を指差すとその女性店員さんはパッと笑顔になって「まあおめでとう！」とおむつを2パックもくれた。お会計の間も「予定日は？　性別はもうわかったの？」と会話を続け、最後には「気をつけてね、妊娠生活楽しんで」と送り出してくれた。

スーパーで店員さんとなんでもない会話をするのはよくあるけれど、あのときほど優しい笑顔を向けられたことはない。

その後も我が家は無料や格安で子供用品を手に入れ続けることになるのだけれど、その話はまた次回。

子育てはエコノミーで

ベイビーボックスを受け取ってから数日後、ヘルシンキからは少し離れた、知人が住む市で開催されたフリーマーケットに出かけていった。

このイベントのすごいところはフィンランド中で見かける蚤《のみ》の市のFlea Marketではなく、完全なる無料のFree Marketなところだ。

子供のサイズアウトした服など不用品を寄付する代わりに、自分に必要なものをもらっていくというシステムで、私たちは寄付するものは何もなかったけれど正直にそう言ってみると「個人の使用範囲内ならどうぞ」と快く受け入れてもらった。

新生児用のサイズの服が置かれた部屋で物色していると、だいぶ大きくなった私のお腹を見て、係の女性が「これはどう？　夏生まれならこういうのもあるといいわよ」と選ぶのを手伝ってくれたりもした。

衣類はきちんとサイズ別・種類別に並べられていて、それで全部無料。遠慮なく服を数着とおもちゃなど子供用品をいただいて帰ってきた。

フィンランド人はものの持ちがいい。ものを大事にするし、中古品市場もかなり活発だ。

それでも古着の子供服に付く値段なんてたかが知れているので、こういう交換イベントは値付けや品質チェックの手間を考えるととても効率がいい。

このイベントにはその後も何度か参加させてもらい、還元すべく毎回いらなくなった服を大量に置いてきている。ベイビーボックスに入っていた好みではないボーダーシリーズもこっそり置いてきた。いや、こっそりする必要はないんだけど。

まあそんなわけでこういったイベントや街中のフリーマーケットではかなりの確率でベイビーボックスの商品に出会えるし、きっとうちと同じように趣味に合わないとかで、それらは新品の確率も高いのでオススメだ。

あとは子供が生まれてすぐ義母が「桂が気にしないかしら」と夫に注意深く確認したのちに、大量の古着をフリーマーケットで買い付けて持ってきてくれた。

いえいえ、まったく気にしないです。むしろ喜んでもらっちゃいます。

４人の子供を育てた義母が一番、乳児は服が大量にいるとわかっている。そして古着で充分ということも。

「これ全部一着50セントだったのよ」

としっかりネタばらし付きで我が家にやってきた古着はどれも綺麗で、多少使われて素材が柔らかくなったかな、程度のくたびれ具合だった。

真新しい服も孫フィーバーにより随時プレゼントしてくれたけれど、気を使わなくていい古着も交ぜてくれるのは本当にありがたかった。

特に第一子は吐き戻しとおむつ漏れがとても多い子だったし、1歳になる頃まで旅行ばかりしていたので、旅先で汚れが取れなくなったら捨てていける気楽さがよかった。

友人家族や親戚も、シーズンごとに気前よく子供のおさがりを大量にくれる。

実は私自身、日本にいたときは古着屋の独特の匂いが苦手で古着を敬遠し、家具や雑貨も「何か憑《つ》いてたらいやだ」と変な理由で中古品を買ったことはなかったというのに大きな変化だ。

たぶんこの変化は、自分の子供にはケチというのじゃなく（もちろんそれもあるけれど）、私の移住時の出来事から来ている。

私がフィンランドに移住すると決めたとき、当時の東京の家に越してから1年も経っておらず、家具家電も買い替えたばかりでどれも使用歴半年未満のピカピカな状態だった。悩みに悩んで決めた最新型の冷蔵庫、特別オーダーして作ってもらった机、居心地のいいソファベッドに、オークのキッチンカウンター。

それらを処分するのに家具買取業者に見積もりを出してもらったけれど、たとえば数万円したソファベッドは3千円、十数万円した机は5千円とひどい見積額だった。それも理由は「有名ブランド品じゃないから」というだけ。元値とか本物の木を使っているとかメイドインジャパンだとかは値段に関係なく、家具はブランドがすべて。自分が選び抜いたお気に入りのひとつひとつを、そんな風に言われるとけなされたようだった。

そんなこんなで処分するのに苦労としても悲しい思いをした。大型品はそれでも知り合いに買い取ってもらったりしてもらい手が見つかったけれど、その他衣類や食器など自分の生活を彩るもののほとんどを「ごみ」として大量に捨てる作業は、その先にどんなに楽しい生活が待っていようと、私をただただ悲しくさせた。ここだけの話、めそっともした。

そういった出来事を経て、ものは大事に寿命が来るまで使う、寿命を待てなければ次の使い手を探す、そんなフィンランドのスタイルに私はかなりなぐさめられた気がする。移住後、じっくりと時間をかけて、癒された。

第一子は今、胎児・乳児をとっくに通り越して幼児の年齢になったけれど、じじばば親類からのプレゼントやおさがりのおかげで、一番上の子なのに親からは新品の子供服を数えるほどしか買い与えられたことがないというエコノミーな子に育っている。

古着でよかった、と思う場面はしょっちゅうあれど、逆にそれで恥ずかしい思いなんかをしたことはないので、我が子がファッションに目覚める日まではこれでいこうと思う。

泣いているのはマタニティブルーだからじゃない

妊娠全体を通して今振り返ると、第一子のときも第二子のときも、ネウボラおばさんや医師に「出産に対する恐怖」をやたら心配されたなぁと思い出す。

妊娠中期にも「出産に対して不安がありますか」などの質問がずらっと並んだアンケートに答える必要があったし、産院に提出するバースプランの要望を書く紙にまで「出産に対してどう思っているか」などという質問があった。きっと妊婦共通の悩みなのだろう。

私としては、やたら心配されると感じたぐらいだから恐怖はほとんどなく、無痛分娩の予定だったからリラックスしてその日を楽しみにしていたし、早く我が子に会いたかった。だけどまったく不安がなかったかというとそうでもない。そして私の場合、それは陣痛や出産そのものに対してじゃなかった。

その日のことはよく覚えている。私と夫は、ストックホルム行きのフェリーに乗っていた。確か無料のチケットをもらったとかなんとかで、妊娠後期ではあったけど2泊の旅行に出ていた。夕方にヘルシンキを出て、フェリーのキャビンで1泊、朝にストックホルムに着いて1日観光してまた夕方に出る同じフェリーで1泊して戻ってくるという、しょっちゅう使っている便だった。フェリーの旅なら飛行機と違ってエコノミークラス症候群の心配もないし、何度も訪れているストックホルムで軽くリラックスしよう、そんな旅だった。

フェリーのキャビンは二段ベッドの下の部分がソファになっていて、長い船旅の時間を潰そうと夫はそこで新聞の電子版を読んでいた。私も隣に座り何か読み物を持っていたのだと思う。ふと夫が顔を上げて「ここに、ほとんどの妊婦は出産に恐怖心を持っている、って書いてある」と言った。横から夫のiPadをのぞくと、そのフィンランドの新聞記事は、妊娠中は何かしらを恐れるのが普通だと言い切っている。子供がちゃんと生まれてくるか、もし予定よりずっと早く生まれてしまったら、出産の痛みは、などなど。

ふーん、と私は人ごとのようにその記事を流し読みして自分の読み物に戻ろうとしたけれど、夫は急にシリアスな顔になって、「何か心配なことがあったら言ってほしい」だのと言い出した。じゃあ言うけども、と私はずっと心に引っかかっていたことを話し始めた。

そのとき、出産予定日まで2ヶ月半ほど。その時点で私は、フィンランドの病院では無痛分娩が選べるというのはなんとなく聞き知っていたけれど、それ以上の知識はまったくなかった。陣痛が始まったらどうするのか、無痛分娩以外に選べる選択肢は、などの情報がまったく入ってこない。ネウボラでの診察は2ヶ月に一度はあったので、その都度今日こそはそういう話が聞けるのだろうと期待したけれど、結局その直前、妊娠7ヶ月の診察のときも母乳がいかに大事でどんな準備が妊娠中からできるか、といった話をされただけだった。そしてそんな早い段階から母乳のことを話されるという事実は、万が一母乳が出なかったらどうするのか……と私にひっそりとした心配とプレッシャーを与えただけだった。

産んだ後の遠い未来の話よりも産む当日のことを知りたいのに、あと2ヶ月ちょっとしかないのに、何も知らない。焦っていたし、そのことが不安だ。と夫に伝えると、うまく伝わらなかったらしく「友達のお母さんが助産師をしているから会ってみる？痛みなんかは無痛分娩で和らぐってよく聞くけど」とトンチンカンな提案をしてくれた。確かに助産師に会えば出産当日の流れはわかるだろう。それもそうだけど、と私は苛々しながら続けた。「そうじゃなくて、なんでこの時点でいまだに情報が入ってこないのかが問題だと思う」。私の頭の中ではぐるぐると、なんで私たちは何も知らないのか、という疑問が渦巻いていた。

私はもちろん、夫も、出産や子供を持つことに関しては超初心者だ。誰かから自然と聞くものなのかもしれないけれど、友達だってお互い多い方ではない。私がフィンランド生活2年目のガイジンで、子供を持つ友達が少ないから？　それともフィンランドのシステムが至らないから？　もし前者だとしたら、この先ずっと私の子供は親がガイジンなばっかりにいわゆる情報弱者としてフィンランドで生きていかなきゃいけないのだろうか。保育園や学校に関する、フィンランド人なら誰でも知っているはずの常識が欠けていて子供が充分なサービスを受けられなかったらどうしよう。

今考えるとちょっと大げさだったような気もするけれど、同じような不安は、実はいまだに持ち続けている。欠けているフィンランドでの常識を、私はまだ慣れないフィンランド語を読んだり聞いたり、それだけならまだいいけれど、フィンランドでの交友関係を広げたりすることで補わなければいけない。どんなにフィンランド語を習得したって常識は公式文書には載ってないのだ。外国で外国語を使って友達や知り合いを増やす。あわよくばママ友を作る。それはガイジンにとってものすごくエネルギーがいる。そんな途方にくれそうな不安を夫に説明しているうちにボロボロと泣けてきた。

一番の理解者であるはずの夫は私が出産の痛みに不安を持っていると勘違いするし、泣けば泣いたでマタニティブルー扱いされるし、何より夫自身が現地人であるくせにすでに情報不足であることを自覚していない。私には自覚だけはあるけれど何をどうしたら必要な情報が入ってくるかよくわからない。お腹にいる子供に対して申し訳ない気持ちになりながら、申し訳なくなってる場合じゃないと別の自分が活を入れてくるし、フェリーの狭いキャビンの中で、いろんな板挟みになって四方八方ふさがれたような気分だった。それでも泣いて自分の考えをぶちまけるだけぶちまけたらある程度は気が済んで、まあどうにかするしかないよね、とフェリー内にあるレストランに夕飯に出かけた。

そのとき5月の第2週。母の日のある週末で、レストランの入り口ではスタッフがバラの花を女性客に配っていた。「母の日おめでとう」。フィンランド語でそう言われ、私にも当然のようにバラが差し出される。カーネーションではなくてバラ。一輪ずつが丁寧にラップされてリボンまで付いていた。あ、もらっていいんだ……と照れくさいような気持ちになって受け取ると夫も隣で嬉しそうにしていた。少し前なら対象になっていなかったかもしれないけれど、今はどこからどう見ても妊婦で、母親予備軍だ。自覚や自信があろうとなかろうと、母親業はどうにかやっていくしかない。

結局その後どうなったかというと、その同じ月に開かれたネウボラでの両親学級で、出産当日の流れやどんな産み方ができるのか、というレクチャーがあって私の不安は無事解消された。そしてそれは、ネウボラやフィンランドの名誉のために言っておくと、本来ならもっと早く受けられたはずの両親学級が私たちの都合で先送りになっていて、それが故に「もう出産まで日がないのに何も知らない」状態に陥っただけだったというオチだ。ただしフィンランド生活が長くなった今では情報は待っていても勝手には降ってこないともわかってきた。誰かがいつか教えてくれるはず、なんて甘い考えは通用しない。自分から先回りして考えて情報を奪いにいくぐらいじゃないと、どうやらここでは生きていけないようだ。

母親学級ではなく両親学級

妊娠中、いわゆる「両親学級」は2度あった。これは初めて子供を迎えるときに受けられるレクチャーで、フィンランド語では「家族トレーニング（perhevalmennus）」と呼ばれている。当然、父親となる男性も参加可能だ。

私が参加したときは同じ地域のネウボラに通う、同じ頃に出産予定日を迎える人たち20名ほどが集められた。開始時刻が午後3時だったのに8割は夫婦揃っての参加だったあたり、フィンランドらしい。私も夫と参加した。

では何をやるのかというと、なんの予備知識もなく参加した私はおむつの替え方や沐浴《もくよく》の仕方を教えられるのだと思っていて、拍子抜けした。

初回はこんな感じだった。

ネウボラの中にある会議室で、半円状に並べられた椅子に全員が座る。ネウボラおばさん2人が前に立って司会をする。

まずは一人ずつ自己紹介。名前と出産予定日などを順番に立って述べていく。どこに住んでいるのかとか一言加える人もいた。みんなご近所なのでばったり会うかもしれないし将来子供同士友達になるかもしれないことを見据えてだろう。

私は参加者の中で唯一の外国人だった。地域柄、外国人の少ないエリアだったのだ。名前の他に、「日本人です。フィンランド語も少し話します」と言っておいた。

日本人であるということをわざわざ言うのは、たまに自分でも変だなと思う。他のアジアの国の人と間違われたくないという無意識のレイシズムだろうか。日本に興味を持っている人が話しかけてくれたらいいなという、友達がいない孤独なチキンの側面もある。いずれにせよ、あの人なにじんだろうね、という視線をちらちら浴びながらその場にいるのはなんとなく居心地悪いので、私はわりかし積極的に自分から日本人ですと発信している。

余談ではあるけれど、その当時住んでいた地域は「ちょっといい地域」だった。住所を言うと、いいところにお住まいですね、と返ってくるような。もしくは「私ここに住んでますのよ」とすましている人もたまに見かけるような。

確かに緑が多く、市の中心地へも近く平和ではあったのだけれど、いかんせん外国人が少なかったので私はたまにじろじろと見られることがあった。地域を走るバスに乗っていただけで文字通り上から下まで見られたり、地元のおっちゃんしか来ないようなレストランバーに入ったら地元のおっちゃんに凝視されたり。

そういうとき、フィンランドは田舎だなぁと思う。悪気なく思う。

あからさまな差別、ヘイトと呼ばれる類の扱いは今までで一度しかされたことがないけれど、外国人だからわからないだろうと適当なことを言われたり見下されたりという経験はまあそこそこある。そんなわけで、そのちょっといいはずの地域の住み心地は完璧とは言えず、子供が生まれてから早々に引越してしまった。

話をもとに戻そう。両親学級の話。

自己紹介のあとは男女別のグループに分かれて、出産を控えて今どんなことを思っているか話しましょう、というセッションの時間があった。いきなりの難題。

まず、夫の助けもないところでフィンランド語で話せというのがかなりの上級者レベルなのに、さらに自分の内面を晒せという。これ、日本人にはけっこう厳しい。

そういえばフィンランド人である夫はしょっちゅう私の日本の家族に「どう思った？」と聞いている。たとえば妊娠していることを発表したとき。子供が生まれたとき。生まれた子供の写真を送ったとき。名前を発表したとき。

私の両親は典型的な昭和の日本人で自分の考えをわざわざ言葉にはしないタイプなので「どう思ったと言われても……」と言葉に詰まり、それを横目に私は「もうほっといてあげなよ……」とひそかに思ってるのだけど、自分の思いや考えを表現する、発信するという習慣はフィンランド教育の賜物なのかもなと感心もしている。

両親学級でのそれは、思いを吐き出すことで、悩みを同じ境遇の人同士でシェアして気持ちを楽にするという意図があったのだと思う。なんせ出産には不安がつきものとされているからだ。

ただ、私にとって自分の弱みをわざわざ口にするほどの苦行はないしそこまで悩みもない。体が重い、ぐらいのものである。あまり面白い発言はできなかった。

両親学級の後半は同じネウボラに通う、3ヶ月前に子供が生まれた家族を呼んで「実際の赤ちゃんがいる生活がどんなものなのか」を語ってもらった。

出産前に思っていたのと違うことや、実際に買って便利だったツールなどためになる話ばかりだったけれど、これが当然3ヶ月になる赤ちゃんを連れての参加だったので、あやしつつ、ミルクの吐き戻しを拭きつつの姿は言葉で語られるより現実味があった。

特に印象的だったのは、その夫婦は男親から見た育休の大切さに触れ、「最初の数週間、数ヶ月というのはあっという間に過ぎてしまうし赤ん坊の様子も日々変わっていくからこれを見ない手はない。自分は育休を取得して本当に良かった」と晴れ晴れとした顔で言っていた。

育休については語り出すと長くなるのでまた別に書くけれど、ここでは手短に。フィンランドにおける母親の産休・育休は約4ヶ月、男親のみに与えられる育休は9週間あり、そのうち約3週間は母親の育休と同時に取っていい。

他にも両親どちらが取ってもいい育休が5ヶ月あり、こちらは母親が取ることが多い。

育休取得時には男女ともに周囲で文句を言う人はおらず、それが昇進に響くことはない。皆が当然の権利だと考えており、さらに会社側は代替の人員を補充することが法律で決められているので気兼ねなく取れる。……ということになっている。

が、やはり文句を言う人は少数だがいる。

実際にうちの夫も第二子誕生のときは頭の固い職場のオヤジに嫌味を言われたそうだ。ただそれは第一子、第二子と数ヶ月も育休を取った中唯一聞いたネガティブな言葉なので、割合としてはとても低い方だと思う。

育休を取得しないとしても男性の育児参加は当たり前なのがフィンランドだ。第2回の両親学級は、実際に陣痛が起こったらどうするか、産むときに選べる和痛方法は、入院準備に必要なものは、などのレクチャーだった。

これも男親が居合わせたら何ができるのかまで言及している。陣痛を紛らわすためのストレッチの図には、妊婦を支える夫の絵がシュールなテイストで描かれているし、妊娠中にネウボラで渡された母乳がいかに大事かという資料にも、男親は授乳にどう関われるのかという男性向けの分厚い冊子が含まれていた。

これらがあったから私は遠慮なく夫に手助けを求められた気がする。

どうあがいても日本人な私は、やっぱり男性に助けてもらうことに自分の母親としての至らなさや日本のお母さんはもっとちゃんと一人で頑張れているのにという不甲斐なさを最初感じていたけれど、その意識改革をしてくれたのは他でもないネウボラと夫自身の育児参加への姿勢だった。助けてもらうのが当たり前、育児はシェアして当たり前と周りから囲い込まれることで、徐々に受け入れられるようになったのだ。

今となっては子供は完全にお父さんっ子だし、何の不安もなく夫に子を預けて出かけられるので、かなり楽をさせてもらっている。楽することを、恥ずかしいと思うこともなくなった。楽でも大変でも、楽しければなんでもいいと思っている。

ちなみに両親学級で教えてもらえると思っていたおむつ替えや沐浴の方法は、産んだあと産院の病室で指導されたり、退院後ネウボラおばさんの家庭訪問で教えてもらったりした。

産む前に知らなくて大丈夫かと最初は思ったけれど、人形などではなく自分の子供を手に実践するのだからリアリティがあるし特におむつ替えはいやでも山のようにしなければいけないんだからすぐ覚えてしまった。

フィンランドの産院では、産後に赤ちゃんの面倒を見てくれるなんてＶＩＰ待遇は、ない。その話はまたいつか。

車を買いに小旅行

明日から1ヶ月の夏休みに入るというのに予定が決まっていない。そんなとき、私ならまあなんて贅沢な、と家でゆっくりすることにする。日々の忙しさを忘れて本を読んだり映画を観まくったり、ちょっと手のこんだ料理に挑戦したりといたって平凡な過ごし方をするだろう。

でもそれは一人で暮らしていた頃の話。

夫と結婚して1年目、予定の決まっていない夏休みが始まりそうなとある午後、私たちは明日飛ぶという航空券を予約した。行き先はドイツ、ミュンヘンで、しかも片道航空券のみである。現地で車を買ってフィンランドまで乗って帰る計画だった。

無謀だね、と笑いながらちょっとわくわくもした。

夫はその年、車を買おうとしていた。運転をしない私は、せっかく交通の便の良いところに住んでいるんだから別にいらないんじゃないの、と冷めたスタンスだった。こういう車が良くて、といろいろネット上のページを見せられプレゼンされても興味が持てず、車体の色にだけ口出しをすることにした。白と黒は洗車が大変だって言うから中間色でね、青系もいいね。

そうこうしているうちに、なぜだかドイツまで車を買いに行くことになった。この小国フィンランドには車が売っていないのか！　とふざけて毒づいたけれど、夫が言うにはドイツで買う方が同じ値段でもスペックがいいものが見つかるのだそうだ。

フィンランドの税金は他の国よりも高い。そしてＥＵのおかげで簡単に個人輸入ができ、フィンランドに車を持ってくるときに払う税金分を差し引いてもお手頃に買える。夫は前に所有していた車もそうやってドイツで買ってきたし、フィンランドでは別に珍しいことではないという。時間がなければ業者に輸入代行を頼むこともできるらしい。

ここ最近はまた事情が変わってきて、欧州全体でディーゼル車の価値が急激に下がり始めたことと、お隣スウェーデンの通貨クローナ安が続いたことで、もっと手軽にスウェーデンで買ってくる人も増えている。首都のストックホルムならすぐそこだし直行フェリーで帰ってこれる。

じゃあ現地産の車を買うのかというとそういうわけでもなく、夫の欲しい車リストにあったのは某ドイツ車と、某スウェーデン車のステーションワゴンだった。走行距離にもよるけれど、どちらも4、5年ものの中古車で200万円ぐらいする。当時私の車に対する知識は本当に乏しく、たとえば日本で軽だったら新品でも100万円台で買えるのに高いなぁと、そんな風にしか思っていなかった。

日本ではガイシャとして人気なプジョーやフィアットは？　ヨーロッパなんだからあるんじゃないの？　と私でも知っているメーカー名を口にしてみたところ、あるけれど南ヨーロッパの車は薄っぺらくて装備もよくない、と一笑に付されてしまった。北欧で必要な、座席ヒーターやエンジンヒーターが付いていないのがほとんどで「安っぽい」イメージなのだそうだ。

街中でよく見かけるトヨタや日産は日本車なので信頼性があるイメージ。プリウスなんてしょっちゅう走ってる。ヒュンダイやキアという韓国車もよく見かけるけれど比較的安価で評判は悪くないらしい。メルセデスベンツが高いのは私でも知っているので論外。アウディやフォルクスワーゲンは信頼性もあり手堅い車、とのこと。

誤解のないように書いておくと、フィンランドにももちろん車屋は存在するし中古車店もある。うちはわざわざ時間をかけて節約しにドイツまで行ったけれど、お金のある方々は普通に車を買えるのでお間違えのないよう。

そんなこんなでミュンヘンまで飛び、事前にネットで調べた中古車店をレンタカーで巡り試乗しまくるという変な旅が始まった。期限は3週間。早めに車が見つかればそのままヨーロッパ横断してポルトガルまで行くのもいいねなどと計画していたが、そんなに簡単ではなかった。

場合によってはネットの情報が古くて目当ての車がもう売れていたり、お店の人が英語を話せなかったりとむだ足を踏んだこともあった。行ってみたらガソリンスタンドの横の空きスペースみたいなところで車を売っていて「これはドクターが持ってた車だから！　ヴェリヴェリヴェリグッドカー！　ブラザー、今日はこの値段！　明日チガウよ！」と下手な英語で押し売りしてくるような店もあった。

結局ドイツに2週間ほど滞在して車を決め、支払いや手続きを終わらせた頃には、そろそろフィンランドに向けて出発しなきゃな、というところまで来ていた。時間があればポルトガル、なくてもイタリアは回って帰ろうなんて言ってたのは夢のまた夢。長年私が行きたかったイタリアは北の方をかすってピザをつまんだだけで終わった。ヴェニスもローマもなし。ただしイタリアの田舎のワイナリーで車を停め、ワインを試飲させてもらいダース買いするとか、イタリアの後に寄ったスロヴェニアのプレッドヤマ城やオーストリアのシュワちゃん生家なんかも、車だからできる寄り道で普通の旅とは違った楽しさがあった。

最後は時間切れになって、夜通しチェコとポーランドを北へと通過運転し、バルト3国も通ってエストニアのタリンからなんとか無事にフェリーに乗って帰ってきた。道中はドイツで登録しましたよという証の仮のナンバープレートをつけ、フィンランドに帰ってきてからはフィンランド版のナンバープレートをもらった。EU加盟国では欧州旗が描かれたナンバープレートが付与されるのだけれど、この仮のナンバーは数字とアルファベットのみのペラリとしたステッカーだ。街を歩いていてもこのステッカーナンバーはたまに見かけ、「あああの人もよその国から買ってきたんだな」と私は勝手に親近感を覚える。

　結局そこまでして買った車はなんだったのか、というとボルボのＶ60である。他に候補にあったのはＢＭＷのいくつかの車種で、私は当時本当にそのふたつのメーカーしか「ちょうどいい」車がないのだと思っていたけれど、のちに友人が車を買うのを手伝うため一緒にフィンランドの中古車店巡りをすると、10万円台で買えるポンコツカーから１００万円台で買えるお手頃カーまでなんでも揃っており、「なんであのときこういう適当な車を買わなかったんだ！」と夫を責めておいた。

　まあ、うまく騙された形になる。次に夫が車を買いに行くときは目を光らせておこうと思う。

離れれば恋しい

この秋日本に一時帰国した。私は日本人だから、フィンランドにいても日本にいても、日本の何が恋しくなる？　と聞かれることが多かった。

それがフィンランド在住歴が長くなってきたからだろうか。今回初めてフィンランドの何が恋しい？　と聞かれた。ああ私はフィンランドに住む人なんだ、とちょっとびっくりしながら、答え方に考えを巡らせた。

詳細に語ってしまうならば、日本に来て最初の1週間でライ麦パンが恋しくなった。それから燻製のサーモン。やはり食べ物だ。

でも日本にだっておいしいものは山のようにあってそれらを普段はフィンランドから夢見るように思い返しているのだから、まずは目の前にあるものを味わうことに忙しかった。秋田の名物いぶりがっこを食べて、この燻製はまさにフィンランドの匂いだ！　と新たな発見をしたりもした。東北に北欧のかほり、意外なシンクロナイズ。

日本滞在が2週間を過ぎて落ち着いたとき、フィンランドの道幅やベビーカーに寛容な文化に思いを馳せため息が出た。霜が降りる朝の凍った落ち葉の色も、日本の汗ばむ秋においては少し懐かしいような気持ちになった。それから毎晩のようにあれがあればいいのに、と夫と話していたのは、ずばり食器棚だ。フィンランドの発明品、乾燥食器棚。

フィンランドの多くの家にはごつい備え付けの食洗機が、シンクの隣あたりについている。たいていのものはそこで洗浄から乾燥までやってくれるけれど、その中で乾ききらなかったものや洗えなかったもの、もしくは食洗機がなく手洗いしたものは、その〝乾燥棚〟と呼ばれるシンク上の開きに格納される。

何がすごいかというとこの棚は日本でよく見かける食器かごのように水切りができ、洗った食器を立てて乾かしそのまま収納もできるという仕組みになっているのだ。水滴はシンクに落ち、扉がついているので外からは見えない。一般的な棚は二段もしくは三段で、その上は普通の棚板がついていて鍋などを置いておくことが多い。最初見たときはそんなんで乾くのかとか、湿気が上の棚板をだめにしないのかなとか思ったけれどそこはフィンランド、空気が乾燥しているので問題なくあっという間に乾く。

シンクもなかなかユニークなんじゃないかと思う。初めてフィンランドに来てアパートメントホテルや一般家庭に泊まった人は、二槽式のキッチンシンクに驚くことだろう。食器が手洗いされていた頃の名残でシンクが2つに分かれており、左は浸け置き、右はすすぎ用などと使い分けることができる。

食器を洗うのはスポンジではなく日本で見かける靴洗いブラシのような大きさのブラシが一般的で、それがだいたい乾燥食器棚に吊り下がっている。私はこのブラシが長いし油も付きやすいしと苦手で、フィンランド国内でよそに滞在するときは小さい食器用スポンジを持参している。これさえひっかけていなければキッチンもすっきりとして見えるのになぁとちょっと残念な気持ちにもなる。

ごみ箱もキッチンにある。一般的にはシンクのすぐ下の開き、排水パイプの通る場所に引き出し型のごみ箱があり、燃えるごみ、リサイクルごみなど分別できるようにいくつかに分かれていてやはり外からは見えない。そんなんで臭いが籠らないのかと最初は心配だったけれど、とさっきと同じようなことを繰り返してしまうけれど、やはりフィンランド。湿気がないせいかそこまで臭わないし、第一ごみは曜日関係なくいつでも出せるようになっている。家の中のごみ置場は基本キッチンのその一か所だけなので各部屋のごみを集めたり、掃除のたびにごみ箱をどけたりすることがなくて楽だ。生活感あふれるごみ箱が目に入らないのもいい。

と、せっかく生活感の出ない工夫がされているというのに、フィンランドの洗濯事情に触れるとまた勝手が違ってくる。部屋干しが基本で、干す場所も洗濯機がある場所もバスルーム、つまりトイレ・シャワーのある部屋なんだから、物干しロープだったり洗濯物だったりがお客さんから丸見えだ。狭いアパートだと洗濯機を置く場所さえなく、地下に洗濯室があって住民共同の洗濯機と物干しが置いてある場合もある。プライバシーなんて何もない。

乾燥機はそんなに一般的ではない。空気が乾燥しているので洗濯物もすぐにぱりっぱりに乾く。バスルームの壁に熱湯が中を通っている金属製のパイプがついていることもある。セントラルヒーティングと同じ仕組みで、パイプの端のバルブをひねれば熱湯が流れパイプが熱くなり、その熱でぬれたものを乾かすことができるのだ。バルブ式ではなく常に温かいものもあり、バスタオルなんかをかけてほかほかに保つこともできる。

最後に、うっかり書き忘れるところだったけれどフィンランドの家の中は暖かい。

窓は二重か三重、ドアも二重が普通でコストのあまりかからないセントラルヒーティングがあるので一年中20度前後に保たれている。年間を通じてアイスの消費量が変わらないとか、コートを脱いで家の中ではTシャツ生活とか、北海道の人たちの暮らしとよく似ている。

フィンランドいいところだよ、と日本の人に言うと、でも寒いんでしょと判で押したように返されてしまうけれど、私の隣のフィンランド人は日本に帰るたびに日本は寒いと文句を言っている。確かに日本の冬は芯まで冷えて、古い家だと底冷えもする。

その一方、フィンランドでは外がたとえ寒くても家の中が暖かくしかもサウナまであるので一日中身体が冷えっぱなしということがないのだ。だからあの人たちはゆるゆるに安心しきって、むだに裸で雪や湖にダイブするのだろう。

「むらおんぷっらううにっさ」

ネウボラでの初診後、別機関での血液検査と尿検査、それから産院でのエコー検査を経て、ようやく妊娠が確定した。

エコー検査の検査台に乗る直前まで、「これで万が一妊娠してなかったら寿司食べに行ってやる」と心に決めていたのだけれど、モニターに見事ぴこぴこ動く胎児の影が映し出されたので、最近出てきたお腹が単なる肥満じゃなくてよかった、と胸をなでおろした。対して検査医の方はというと、エコー検査ばかり毎日しているだろうに「まあ綺麗な脳」「骨も完璧ね」と数センチしかない我が子を終始褒め続け、頭が下がる思いだった。

エコー検査が終わるとその2日後には封書が自宅に届き、出生前検査の結果、胎児に異常が見られなかったと書かれていた。そこでようやく、家族にも報告できる段階となった。

今回の妊娠、私の親にとっては初孫となるけれど、夫の家族の方は義弟にすでに子供が2人もいるので義両親は慣れたもの、そんなに浮かれたりもしないだろうと思っていた。

それが大間違いだった。

ちょうどエコー検査の2週間後に実家に帰る予定を入れていたので、たまには外で食事を、と義両親をレストランのブランチに誘い出した。これは義父と義母に平等になるよう同じタイミングで報告するという私たちの作戦だった。

田舎の素敵なレストランで私と夫はそわそわした気持ちを抑えつつ食事を終え、デザートが運ばれてくる前にお互い目配せした。

そして私はみんなに向かって「むらおんぷっらうぅにっさ」と呪文のような言葉を唱える。Mulla on pulla uunissa.

プッラ（pulla）というのは丸い甘いパン、もしくは菓子パン全般のことを指す。文章を訳すと、それが私のオーブンに入っていますよ、という意味になる。英語で言うところの「Bun in the oven」。パンがぷくぅと膨らんでいく様子が、まさに妊娠してお腹が膨らんでいくのを想像させるのでぴったりの表現だなぁと気に入っている。

しかもフィンランドの場合は単なるパンじゃなく甘いパン。焼いているうちに家中に広がるバターやシナモン、カルダモンの香りが家族全体に幸せを運ぶ、そんなニュアンスがあって好きな表現のひとつだ。

日本語だと何になるんだろう。まさか「ヨメがコレで」っていう昭和的なやつ？　それともオメデタだろうか。何かやんわりとオブラートに包んでいるようで、いかにも日本らしい。

さて、その呪文の言葉を聞いた夫の両親はというと、まずは義母が目を見開いて「おめでとう！」と私をハグしてくれた。長い長いハグ。挨拶のハグはたまにするけど、フィンランド人は、たぶんみんながアメリカのドラマを観てイメージしているほどはハグしないし、してもあっさりしている。義母にこんなに抱きしめられたのも入籍のとき以来だった。義父もにこにこと、「おめでとう」と嬉しそうにしていた。まだ子供の性別もわからないので、エコー検査のときにもらった写真を見ながら、どっちになるんだろうね、髪や目の色はどうなるんだろう、名前はどっちの国寄りのものに、なんてみんなで話して盛り上がった。楽しい、幸せな時間だった。

そしてそれから数週間もしないうちに、我が家に小包が届いた。

開けてみれば義母からで、夫の誕生日が近いのでプレゼントかと思えば、ベビー服が上下2枚ずつのセットで入っていた。このとき妊娠5ヶ月。私たちでさえまだベビー用品は何も買っていない段階で、お腹の中のちっこい胎児はさっそくのプレゼントを受け取ることになる。

それだけでは終わらずお礼の電話をすると、「ベビーベッドは私が買うから欲しいのを選んでね」と義母は意気込んでいる。彼女は結構なプレゼント魔だ。誕生日やクリスマスなどの行事には夫にも私にもかなりしっかりしたプレゼントをくれる。結局ベビーベッドは引越しを控えていたし、フィンランド名物のベイビーボックスで最初の数ヶ月を凌げるので辞退し、代わりにベビーカーに取り付けるキャリーコットを買ってもらったけれど、その後も生まれるまでの間にいろいろともらった。

対して義父の方は常々、プレゼントは返すのが面倒だからいらないし贈らないと公言し、私たちも大きな額のものは贈らないようにしている。

というのにその義父までが「バウンサーは絶対必要だから俺が買う」と、やはり義母と同じ頃に言い出した。どうやら2人で張り合っているらしい。妻の実家と夫の実家が張り合う、というような構図ならよく聞く話だけれど、同じ夫サイドで張り合われても……。しかも初孫でもなんでもないというのに、なんだか微笑ましくなってきた。

子供が生まれてからも義母と義父は、どっちが長く抱っこしていただの、離乳食を先に食べさせたのはどっちかだのと、激しくはないけれど、静かに競っていた。知ってはいたけど仲いいなぁと、変なところで感心せざるを得なかった孫フィーバーっぷりだった。

まさかの「そう、それで？」

その日は、電車に乗って近郊の街へと出かけていた。とある夏の、月曜日。

子供も生まれるし狭いマンションはちょっとね、と春先から新居を探していた我が家。都心部、近郊部、一戸建てにマンション、テラスハウスとなんでも手当たり次第、いいと思った物件の内覧に行っていた。

その日も3軒回って、でも郊外のわりに高いねとか、入り口の段差が歳を重ねたらちょっととか、そんな感じでこれといったものは見つからなかった。

その中の1軒で担当してくれた不動産屋の背の高い髭面のおじさんが、私の大きなお腹を見て予定日を聞いてきた。10日ほど先のその日付を教えると、彼の奥さんも予定日が今月でしかもだいぶ過ぎているという。お互い幸運を祈って別れた。

ヘルシンキに夕方帰ってきて、疲れたのでチャイニーズのテイクアウトを買って帰った。

我が家自慢の海が見えるガラス張りのバルコニーでその夕飯を食べ、見てきた物件の資料を夫と眺めながらレビューをし、12時頃眠りについた。夏至を過ぎているとはいえ、白夜の名残でまだ空の端が明るかった。

1時10分、就寝から約1時間後に破水した。

実はその前の週にも破水騒ぎがあった。

予定日までだいぶあったけど、破水したかも、という感覚があって、念のため病院に電話をかけたら陣痛がなくても12時間後に来て、と言われた。結局それは気のせいで、検査だけされて帰ってきたのだけれど、それが良い予行演習になった。

実際の破水は、なんというか、明らかだった。

予定日までは1週間以上あるけれど疑いようのない羊水の漏れっぷり。でもまあ正直いって妊娠初期からいろんな症状がかなり早めに出ていたので「この子はせっかちなんだな」というのはわかっていた。

あー、破水したわ、これ本物だわ、と腹をくくって、夫を起こした。

そして2人してシーツを替え破水の後始末をした後は病院に電話だけ入れ、シャワーを浴びて、なんと寝ることにした。

ふてぶてしくも、入院準備はもうできているしこれから何時間かかるかわからないので、まずは陣痛が始まるまで寝るのが得策だと思い、内心そわそわしながらも床に就いた。そばでおろおろする夫にも今のうちに寝るように言っておいた。思い返すと我ながら冷静だ。

日本では破水したら厳禁のお風呂もフィンランドではシャワーならＯＫ。いろいろと勝手が違うものだ。

3時過ぎ、陣痛が始まる。下腹部に鈍痛程度、だいたい15分間隔。

そのちょっとあと、胎動でしゃっくりを感じる。破水しても赤子は動くのか、と意外に思いつつ楽しんだ。破水の様子もちょっと変わってきたので病院に電話して聞くと問題なし、引き続き自宅で待つようにとのこと。

それでも陣痛の合間にしぶとく寝続けた。陣痛のお供はフィンランド名物の麦まくら。電子レンジで温めるとカイロのようにホカホカになり、痛いところに当てると本当によく効く。

陣痛全体を通して、鎮痛剤も笑気ガスも変なストレッチもバランスボールも試したけど、無痛分娩の麻酔以外ではこの麦まくらが一番効いた。麦まくら、神！　それ以来周りの妊婦友達にも怪しい商法かってぐらい勧めまくっている。

6時半頃、太陽がすっかり昇ると陣痛は6〜10分間隔になっていて、まあ当たり前だけどかなり痛い。7時頃鎮痛剤を飲む。効かない。

鎮痛剤はもちろんネウボラ指導のもと、妊娠中でも飲んで良いとされている市販薬。その他ネウボラでの両親学級で教えられた、机にもたれかかる姿勢などで凌ぐ。

痛みが引いた瞬間を狙って冷蔵庫にあったプラムを食べる。今しか食べられない、体力つけないと、と。気分はふわふわした妊婦さんじゃなく、試合前の選手である。何時間かかるかわからない試合に備えて体力配分、栄養補給など全部自分で管理する。私は基本運動音痴だけど学生時代にスポーツかじっててよかった、と変な安堵をした。大丈夫、まだ戦える。

何か助けようかと周りをうろうろしている夫には、残念ながらしてもらうことはほとんどない。この日彼がした一番大きな仕事は職場に「今から生まれそうですー！1ヶ月ほど休みまーす！」ってメールを入れたことぐらいだ。融通の利く職場で、本当なら育休も使えるところを子供が生まれるその日から夏季休暇に入っていいよ、と上司が便宜を図ってくれたのだそうだ。閑散期とはいえすごいな、と感心する。そしてそんななんでもないメール一本が、のちに私を助けることになる。

陣痛が7分間隔になったところでまた病院に電話をする。

だって日本の出産マニュアルにも5分間隔になる前に病院へ、と書いてある。朝になったし、もうそろそろ行くべきだろうと陣痛の合間を見計らって電話、以下が会話である。

私「夜中に破水して、陣痛も7分間隔になったんですけど」

助産師「そう、それで？　どうしたい？　痛みはまだ我慢できそう？」

私「(我慢できそうっていうか、しなきゃいけないから）まあ我慢してますけど、結構痛いです」

助産師「そう、じゃあ一回シャワー浴びてみよっか」

悪魔かと思った。

シャワーなら、浴びた。破水後、陣痛が来る前に入院準備として、だ。しかしそうではないらしい。

助産師「シャワー浴びたら痛みも和らぐから、シャワー浴びて、で頑張ってみて」

この自分の置かれた境遇にショックでめまいさえしてきたが、もう抵抗する力もないので私は言われた通りにすることにした。

実はこのフィンランドの病院独特の「生まれる直前まで来るな」という風習はすでに耳にしていた。妊娠出産子育て通して私にいろいろ教えてくれる先輩みたいな、夫の友人の奥さん（3児の母）は、出産前に口すっぱく私に教えたものだ。

「陣痛が始まったら、演技をして病院に電話しなさい、もうムリ痛い痛いって息も途切れ途切れにね！」

そんなまさか、と思っていた。

また、ネウボラの出産レクチャーでもネウボラおばさんが「お母さんにとって一番いいのはギリギリまで家にいることとよ」とおっとり優しい目で言っていた。別にベッド数が足りていないというわけではなく、それが一番リラックスできるし、早めに病院に来ても何もできることはないから、と。そのときはそれもその通りだな、とぼんやりと賛同した。

この話をすると、マジでー信じられなーい！　と日本の友人たちには言われるんだけど、ところ違えば勝手も違う。日本はこんなに優れてるのに、とか文句を言ったところで私の状況は変わらないし、第一日本での出産を私は体験してないのでまあどうでもいい、よその話である。それに早めに病院に行ってやきもきするのは性に合わないというか待てない性格なので、今となればこれでよかったと思っている。

しかし、だ。陣痛まっただ中、シャワーをお腹に当てて、ああ確かに痛みが楽になるなぁと素直に何分も温まってから出ると、陣痛はいきなり3〜5分間隔に変わっていた。おいおい、もう病院行かなきゃじゃん。

日本人の性格上、まだ大丈夫？　と聞かれると、我慢してでも「大丈夫です……！」と言ってしまいがちだけど、タブンフィンランド人ソンナニ我慢シテナイ。うちの夫もちょっとした痛みですぐ騒ぐ。ということは、私はもう痛いと言っていいはずだ。肚《はら》を決めて病院に電話した。もう何回目だろう、とぼんやり思いながら。

「もう5分間隔だし痛いし何しても効かないから今から病院行きます」

きっぱり言い切って、これでやっと入院許可が出た。

万国共通、出産は修羅場

　ようやく入院許可がおりてからがまた長かった。入院準備はとっくにできていた、と思っていたのは私だけだったのだ。

病院との電話を終え夫にタクシーを呼ぶよう頼むと、何やらごそごそと準備していてなかなか呼んでくれない。もう人に構ってる余裕がないのでしばらくはソファでだらんと座り放っておいたけど、何分かが経過したので状況を聞くと、「タクシー呼んだらすぐに来てしまうからその前にカメラのバックアップを」と返ってきた。刺そうかと思った。

　カメラのバックアップぐらい事前に取っておけ。写真？　どうでもいい。データなんて全部消えてもいいし出産の瞬間も別に撮らなくてもいい。

　確かにタクシー乗り場はうちから一本向こうの通りにあり、いつも何台かは待機しているので呼べばすぐ来る。それにしても。

どうにかようやくタクシーに電話してもらい、荷物を持っていざ出ようとする頃には、痛みがひどすぎてもうなかなか歩けなかった。このとき陣痛は3分間隔。エレベーターに乗り、夫に支えられ、死にそうな思いでマンションのエントランスを出ると、確かにタクシーが待っていてくれたが、痛みでついに吐いた。入院支度にゲロ袋が必要なんて誰も教えてくれなかった。かろうじて排水溝に照準を合わせ、胃の中のもの、私の最後の栄養源を戻した。

初老のタクシーの運転手はそれでも優しくて、念のため、と私にスーパーの袋を渡してくれ、車に乗せてくれた。ありがたし。

途中ちょっとした工事渋滞で思ったより到着に時間がかかって、その間夫と運転手が談笑しているのを恨めしく思ったから、もう相当頭が出産前の動物モードになっていたんだと思う。

病院に到着したのは10時半、陣痛開始から7時間以上が経過していた。受付を済ませ診察室へ。子宮口が6㎝開いているとのことですぐに分娩室へ通される。診察した看護師があらあらあら、といった感じの対応だったから、まあ結構進行していた方なのだろう。

　事前に、出産のときはどうしたいか、どういうケアを希望するか、という紙が両親学級で配られていた。予め記入しておいたものを診察室で渡す。私は受けられるものなら全部といった感じで、破水しなければぬるま湯に浸かるバスタブまで希望していたけれど、残念ながらお風呂抜きになった。

　というわけで痛み止め、笑気ガス、無痛分娩、を受けることになる。おまけで友人にTENSマシンというのも借りていた。マッサージ機のようなもので、電流を流して痛みを和らげるのだとか。これは残念ながら使う暇がなかった。というか破水してからようやく夫が使い方マニュアルをダウンロードしていて、これにも殺意を覚えた。私は何週間も前にそんな仕事は済ませていて、あれほど口すっぱく使い方読んでおいてね、と頼んでいたのに。まあ使わなかったから良かったけれども。

　出産の過程で夫にイラッとするなんていうあるある話、自分は同じ轍《てつ》は踏むまいと思っていたけどもうそこはむぎゅむぎゅと踏みまくりだ。

　分娩室は、古い病院の中で最近リノベーションされたばかりの真新しいセクションで、完全個室だった。

素敵だったのは音響設備。好きな音楽を持ち込んで、ケーブルを繋げて天井のスピーカーから聴くことができる。しかもかなりいい音。

分娩室からは担当の助産師がついて診てくれることになる。

そういえば妊娠を通して医者に会ったのってたぶん2回ぐらいだ。それだけフィンランドでは医者はレアキャラで、毎月の検診はネウボラに特化した保健師のネウボラおばさんだし、たった2回のエコー検査は超音波技師によるものだった。特になんの問題もない優良妊婦だった私は、それで充分だった。

最初に担当してくれた助産師は、50代ぐらいのベテランだった。物静かで、あまり英語を話さず、私は英語とフィンランド語交じりでやりとりした。

そもそも、だ。冷静に考えると私の言語レベルで出産までするってどうなのよってまあ思うけれど、結局出産なんて産むしかないんだよねと開き直る気持ちだった。なるようになる、そういう度胸だけはほんとむだについている。

というわけで、さっそく無痛分娩を希望したわけだけど、「あらあなた無痛分娩希望なの」と助産師に若干驚かれてしまった。どうしてだろう。そのときはアジア人だから？　と思ったのだけれど、後から冷静に考えれば、無痛分娩は子宮口が3㎝開いたら受けられるので、すでに相当我慢して病院にたどり着いた私は今更感満載だったのだろう、と推察できる。

とりあえず麻酔は麻酔医が必要なので今すぐ呼ぶけど先に笑気ガスしとくわね、と口にマスクをあてがわれる。

陣痛の痛みには獣のように呻いていた。叫ぶといいとか友人に聞いていたけれど、そういうキャラではなかった。ううううう、と低く唸って凌ぐたびに、笑気ガスのマスクが曇った。

笑気ガスはまったく効かない。事前に、子供産むとき笑っちゃったらどうしようと心配していたけれど笑いも来なければ幸福感も来ない。

お昼の12時を回った。この辺りから病院が残してくれた記録しかないのだけれど、分娩室で夫に部屋の写真を撮るよう頼んでいてその写真が手元にあるから、その程度の余裕はあった。しかしその間も陣痛に苦しんでいた記憶があるので、まだ麻酔は効いていない。

というか肝心の無痛分娩。麻酔医が来て、なかなか痛い針をぶっさしてくれたはいいけど、ぜんっぜん、効かなかった。痛みの強さが変わることもなく、陣痛は数分おきに定期的にやってくる。

15分ほどで効くはずなのにまだ効かない？　と不思議そうに助産師が聞いてくる。

鎮痛剤のピルをもらうが気休めにしかならず。

30分待っても効かず、もう一本麻酔を足してもらった。過去に麻酔を打たれた経験は一度しかない。麻酔慣れもドラッグ慣れもないのにおかしいな、と思った。そしてただ効くのを待ち続けた。

途中夫が、iPadを繋ぎ音響設備の確認をした。その音楽が夫の敬愛するUKのポップバンドで、私はついにキレた。こんなときにそれか！　別に私はそのバンドを嫌っているわけじゃないけれど、音響すごいね、と楽しんでいる様子の人間がそばにいるだけで許せなかった。私が事前に病院で流すようお願いしておいた曲は、と聞くと、手持ちのiPadに入ってないという。怒りで震えながら、YouTubeで検索するよう指示し流してもらう。初めはベートーヴェンのピアノコンツェルト。

麻酔を打ってから1時間ほど経っただろうか。やはり効かないのでおかしいということで、シフト交代でやってきた次の助産師が麻酔医をもう一度呼んでくれた。すると針を刺す場所がずれていたらしい。え、それ日本で話題になってた無痛のやばいやつじゃないの、と一瞬思ったけれど、そうではなく深さが足りずに効かなかっただけ、とのことで、痛い思いして針を打ち直してもらったら、あっさり効いてきた。

「産みたくなったら私を呼んで」

無痛分娩の麻酔が効いてからは好きな音楽を楽しみ、日本にいる姉とメールしたり、夫や助産師と談笑したり、昼寝したりして過ごした。

陣痛中の「そなえて意地でも寝る」というのとは違い、あー、眠くなってきたなーというとってもリラックスした昼寝だった。

季節は夏、昼間、エアコンが程よく利いた部屋の清潔なベッドでうとうとする。何しに来たのかと目的を見失いそうになる。

「産みたくなったら教えてね」と助産師が分娩室を空けたりもした。自然に押し出したくなるものらしい。

それを助けると言われているバランスボールに乗って、ぼよんぼよんと遊びもした。

無痛分娩万歳。とか思っていたらまた吐いた。内臓はそう元気ではないらしい。調子に乗りすぎたかな、とすごすごとベッドに戻る。

子宮口はもうすっかり開いていて、いつ生まれてもおかしくない状態。

15時過ぎ、助産師の様子見ののちに、本来は来ないはずの医者が部屋にやってきた。胎児の心音が若干弱くなったらしい。

エコー検査などをして、看護師と医者と助産師とでモニターを見つめている。

子供は無事なんでしょうか！　と取り乱さずに済んだのは、彼らのとても冷静な態度のおかげだ。しばらくすると何事もないと判明してほっとした。

そういえば前後してまた助産師の交代があった。今度の助産師はやっぱり50代、ブロンドの髪をおかっぱにし、とてもテキパキした人で英語も完璧だった。

その助産師が、少しすると30代の男性を連れてきた。なんでも普段は救急車に乗っているレスキュー隊の人で、研修のため出産に立ち会わせてもらえないかとのこと。救急車で生まれてしまうケース、結構あるらしい。

大変だろうな、と心から同情し、どうぞどうぞと受け入れる。もう羞恥心とかそういうのはまったくないから出産って不思議だ。いや、たぶんイケメンだったら断ってたと思うけど。

1時間以上が経って、助産師にいきみたくならない？　と聞かれるが、ならない。

いきむ感覚がわかるようにと無痛分娩の麻酔はもう止められているし、陣痛の波もモニターでわかるようになっているけれど、こちらの体側の感覚がいまいちつかめない。

モニターに合わせてちょっと押し出してみましょうかということになり、数分見よう見まねでやってみる。うまくいかない。陣痛も鈍くしかない。

この時点でもまだ胎動があり、そのことに驚く。

そのうち子供の心拍数が落ちた。モニターを見つめていた助産師が状況を私と夫に説明し、バルーンを入れましょう、と決断した。確固たる、といった様子で、プロフェッショナルな横顔だった。

バルーンで促進、さらに吸引分娩することにする。同時に助産師に言われた通りにいきむ。

頭が出たわよ、と言われ、こちらとしてはなんとなく大きいものが出たなぁというぼんやりした感覚しかなく、ほう、と思ったのもつかの間、急にぴょろろ、とリアルな生き物の動きを下腹部に感じ、文字通りぽんっと子供が出てきた。「おおっ」と助産師とレスキュー隊員が驚き、のけぞる様子が見えたから、相当な勢いだったのだろう。

17時過ぎ。第一子が誕生した。

私は子供が「生まれた」と思っている。産んだのは母親、でも彼らは自分で生まれてきた。

子供がもう少し育ってくる頃には、子供は借り物だと思うようにもなった。誰からかというと、彼ら自身からの借り物だ。突き放しすぎだろうか。

大事な大事な借り物なので手塩にかけて育てはするけれど、彼らも一人一人の人間で、私の所有物ではなく、私たち夫婦に属しているだけ。独り立ちするときに彼らの人生に「返却」となる。

それを念頭に置いているので、親の価値観を押し付けるような勘違いをせず、たまに育児が思い通りにうまくいかなくてもしょうがないかと軽く受け流せている気がする。まあ違う人間だしな、と。仕事が忙しくて手垢のついたような罪悪感を抱きそうなときも、これが私の人生で子供たちは自身の人生を楽しめばいいと思えるようになってきた。

同じ思想に基づき、子供が生まれたときから夫婦で守っているルールとして、子供の写真は絶対にＳＮＳにあげない、というのもある。言い出したのは夫で「子供には写真をあげていいかどうか答えることもできないのにアップするのは権利侵害だ」とのことだ。顔だけじゃなくて指先や髪など体の一部さえも禁止している。

友達の集まりとか、道端でいきなり写真を撮られたときとか（これが日本でわりとある）にＳＮＳにはあげないで、といちいち一言お断りするのは芸能人気取りみたいで若干めんどうくさいけど、確かに大人同士だったらアップしていいか聞くところを子供とはいえ一人の人間に聞かないでいるのはおかしい。子供を一人の人間として扱うのはフィンランドの文化の根底にいつもあって、たまにはっとさせられる。

なので生まれてきたおさるさん顔の赤子の、米粒大の爪の変わった形が私にそっくりで嬉しくてみんなに言いふらしたくても、つむじからの髪の流れとその色が夫とまったく同じで大発見した気分のときも、私はそっと夫とだけ共有しておくにとどめておいた。

子供の権利を守るために始めた家庭内ルールだったけれど、シェアするのはＳＮＳ

や他者じゃなくて夫第一、というのもなかなかいいもので、家族円満の秘訣の一つになっている気がする。

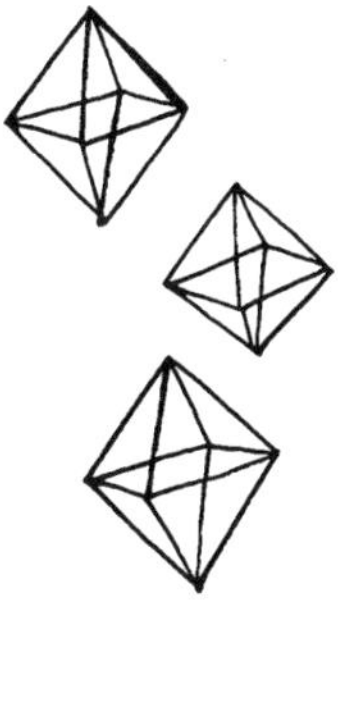

生まれた赤子はすぐに私の胸の上に乗せられた。カンガルーケア、と呼ばれているあれだ。

そのあとすぐ夫も上半身裸になり同じように子供を抱いて、写真を撮った。そのときの写真を友人たちにも「生まれました」と送ったものだから、「なんで裸なの!?」と夫はたいそう変態扱いをされていた。

実はスキンコンタクトが重要視されているのは母親だけではない。父親と子供のそれも、母親のようにお腹に何ヶ月もいて関係を築いてきたわけではないからこそ必要だとフィンランドではされている。臍《へそ》の緒も夫が切った。

そして私は胎盤を出して見せてもらったり、息子を洗ってもらったりして、しばらくしたら軽食をもらった。

本当は夕食が終わっている時間だけど、と見学していたレスキュー隊のお兄さんが持ってきてくれたのは、オレンジジュースにコーヒー、紅茶、ヨーグルト、フルーツ、パン。簡単なものだったけれど、今日は何も食べられないと思っていたからありがたかった。

そういえばレスキュー隊のお兄さんは、うちの子が生まれたあと感動で目を真っ赤にして泣いてた。毛布でくるくるに包まれた赤子を抱いて、こんなに小さな生き物が存在するとは、と感慨深げに言ったりもしていた。赤の他人にそうさせる子供ってすごいなぁ、と人ごとのように思う。

軽食をありがたくいただくと、シャワーを浴びていいわよと助産師に言われる。シャワーは分娩室に付いている。

夫は妊娠中私がずっと我慢していた寿司をすぐさま買いに出ていて、赤子は助産師が見ていてくれることになった。

シャワーの前に痛み止めの錠剤と、尿を出すためという少量の液体薬を差し出された。なんかよくわからないけれど尿を出すのは大事らしく、「これよく効くから」と言われ、その液体で錠剤を流し込む。なんだかみょうな味だった。

これ何、と聞いたら助産師はウィンクした。

「コニャックよ、薬用のね」

私は慌てて、私お酒弱いんですけど、と訴える。すると「大丈夫大丈夫、ちょっとだけだから」と、ばっちーんと音がしそうなウィンクが返ってくる。

そうしたら案の定、シャワーで気を失った。

予め、大量の血液失ってるし気持ち悪くなったりしたら声かけてね、と言われていたので、心の準備ができていたのがよかった。シャワーを浴びている最中に立っていられなくなり、同じシャワー室にあるトイレに腰をかけて、しばらく意識が飛んだ。

助産師を呼び、彼女が来るまでの数秒で食べたばかりの軽食を全部吐いた。これでこの日吐くの3回。つわりも出産も終わったのについてない。

助産師に手伝ってもらい、ゆっくりと身支度をしてベッドに戻る。気分は最悪で、手足は震えへろへろの状態だった。

夫が寿司を提げて戻ってきたので、気を失ったこと、吐いたことを報告する。コニャック飲んだ、と告げると、私のアルコール耐性のなさをよく知っている夫は血相を変えて「それやばいやつ」と言う。

私が酒で気を失ったという前科はありすぎる。酒に鎮痛剤を合わせると、完全に気を失うか吐くかもしくはその両方かで、それも過去に数例、夫は目の当たりにしている。

ベッドに戻るとまた一回ぐらい吐いて、吐きすぎたため結局尿は出ず、そのため入院病棟に移るのも夜中になった。

車椅子に座らされ、相変わらず毛布でぐるぐる巻きの息子をどうぞと腕に抱かせてくれて、その格好で病棟に移る。２人目のときも同じだったからどうやらこれが伝統らしい。

せっかく買ってきてもらった寿司は吐き気が酷くて食べられず、病室に移ってからようやくフィンランド名物ベリーのスープを飲めた。このとき24時。破水してから24時間経とうとしていた。

病室に入ってからは看護師の管轄になる。

息子は私のベッドの横の、車輪のついた小さなベビーベッドに寝かされ、ああようやく私も眠れる、となったとき、看護師が「じゃあこれから3時間置きに起きて授乳してね」と悪魔のような言葉を投げかけて爽やかに去っていった。日本のように新生児室に並べられる、なんてことはないのだ。

ここからスパルタの入院生活が始まるのだけれど、それはまたいつか。

おっさんの妖精現る

かわいい方の妖精の話に言及したいところだが、フィンランドの妖精といえばかわいくない方に触れないわけにいかない。

日本に八百万《やおよろず》の神がいるように、フィンランドにも至るところに「トントゥ(tonttu)」と呼ばれる妖精がいる。

森の妖精、風車の妖精、穀物小屋の妖精……。

なかでも一番有名なのはクリスマスにサンタクロースの助手を務めるヨウルトントゥ(joulutonttu)だ。

彼らはサンタクロースがなんらかの事情で来られないときでも、ちょっと子供たちが席を外したすきにささっとやってきてプレゼントを置いていってくれる。そのためクリスマスの前の日にはトントゥのために大麦のミルク粥を用意しておくという古い風習もあるぐらいだ。

サウナの妖精もいる。

サウナストーブに水をかけた際、石がパンッと弾けるように鳴ったら、それはサウナトントゥからの警告で、熱くしすぎないでね、と言っているのだそうだ。鍋奉行ならぬサウナ奉行のような役割を果たしている。

こう書くとかわいらしい話に聞こえるが、このトントゥたち、おっさんなのだ。


クリスマス時期になると布やフエルトでできたヨウルトントゥの人形を飾る家庭も多いのだけれど、その実態は目深《まぶか》にかぶった赤いとんがり帽子に丸い鼻、腰まで届きそうな長い長い白いひげという、一見サンタクロースに間違われそうな風貌をしている。

女性バージョンもありそちらは白髪を三つ編みにしているが、やはり歳をとっており性別がわかりにくい顔をしていることも多い。

サウナトントゥにいたっては、サウナストーブの石の上に置けるよう石製の置物などが売られているのだけれど、やはりおっさんが、だらんとサウナバケツを抱えて寝そべっている姿のものが多く力が抜けることこの上ない。

妖精というよりは小人、ノーム、といえばしっくり来るかもしれない。

しかしなぜそんなおっさんたちをわざわざ家に飾るのか、フィンランド人のセンスがわからない。

このほど、このトントゥに言及するに当たって夫に結局あの人たちなんなのさ、と聞いてみた。

「トントゥってさ、だいたいどこにいるの？」

すると夫は、「あー、えーと、クリスマスの窓の外とか……？」と言葉に詰まりながら、逆に私を変な生物を見るかのように見つめ返した。

「サウナのは？　森だとどの辺？」

さらに追及すると、こいつもいよいよ頭がどうかしたか、とでも言いたそうな目をしている。

そのくせ自分はクリスマス前に近所の顔見知りの子供たちに「今年はもうトントゥ見かけた？」と質問していた。

就学前の年齢の子たちの一人は「まだー」と答え、もう一人は「でも保育園でトントゥ作ったよ」と律儀に教えてくれた。

赤い画用紙をトントゥの形に切り抜き、窓にいくつか貼るのもクリスマスの伝統だ。ネットで型紙をダウンロードすることもできる。

「飾ってれば仲間がいると思ってそのうち来ると思う」

さすがフィンランドの子供だ、よく知っている。こういうことは子供時代の記憶がなぜか曖昧だという夫よりも現役の近所や親戚の子供の方がよっぽどあてになるのだ。


夫は頼りにならないので、トントゥの本を図書館で見繕って借りてきた。

驚くことにトントゥ関連の本は少なくない。というかやたら多い。おとぎ話はもちろんのこと、どんな種類のトントゥがいるのか書いた本、トントゥの飾りの作り方、など。

目移りしてしまったが、大きく絵が綺麗なものをひやかし気分で眺めることにした。

すると表紙をめくって最初の方に、いきなり生態分布図が載っている。もちろん、どの地域にトントゥがいるかという意味で、である。しかもヨーロッパ全体地図と、フィンランド国内、別々に細かく描かれている。これは込み入ってきた。

さらにページをめくると、彼らの体長や寿命、服装、生活の様子、そして歴史などが何ページにも亘り繙《ひもと》かれている。

これは図鑑だ、間違いない。ひやかし気分で手を出してはいけないものだったらしい。

私は畏れを抱きながらその図鑑に引き込まれ、そしてついに購入することに決めてしまった。

後日、クリスマスプレゼントが大量に詰まった段ボール箱が義母から届いた。

そしてその中に「あなたたちまだ持ってないでしょ」と言わんばかりにヨウルトントゥの人形が同梱されていた。ギリギリ手のひらサイズ、お尻におもりが入った安定感のあるデザインのものでとんがり帽子を入れなければ15㎝ほど。図鑑によるとトントゥの身長がまさに15㎝であるから等身大ということになる。

そういえば前年、子供用にトントゥと同じ赤いとんがり帽子を贈ってくれたのも義母だった。

そんなわけで、人形を飾る趣味のない我が家にも続々とメルヘンなおっさんグッズが集まりつつある。件《くだん》のヨウルトントゥに関しては、クリスマスが終わっても仕舞い込むのが忍びなく、リビングの隅に鎮座していつも私たちを見つめている。

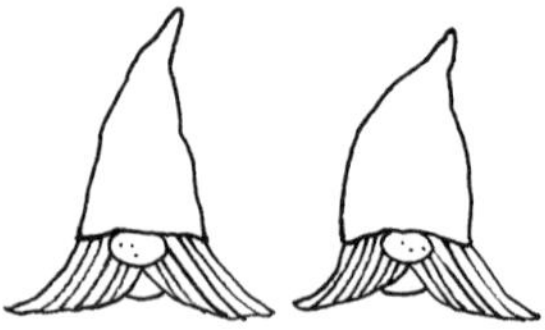

ぜったい太る　パート2

私はフィンランドのクリスマスの食べ物がとても好きだ。

ひょっとしたらフィンランドに暮らすことになるかもな、と考え始めた頃がちょうどクリスマス時期で、のちに夫となる当時の彼氏は毎日「ドラえもん」のようにフィンランドのおいしい食べ物をあれもこれもと私に提供した。

キャンドルの灯りを受けてきらきら光る魚卵に、サワークリームで和えたキノコのサラダ。ディルの香りが鼻へ抜ける塩漬けの生魚に、シロップ入りの甘い黒パン、リッチな味のチーズ。そういえばあのときの夫の冷蔵庫はぱんっぱんだった。

私は見事に餌付けされたのだ。

クリスマスのご馳走はキリストの生誕をお祝いする日にだけ食べるのではなく、約ひと月かけてゆっくり毎日味わうのがフィンランドらしいところだと思う。アドベントカレンダーを毎日めくるように、「これをお店で見かけたらもうクリスマス」、「これを食べたらもうプレゼントの買い物を始める頃」、と少しずつわくわく、むしゃむしゃしながらクリスマス当日に近づいていく。

まず12月に入る頃に各レストランはクリスマスの特別メニューを提供し始める。普段はコース料理しか出さないようなところも、前菜とデザートはビュッフェ、メインはオーダー形式というようにちょっとカジュアルになるので、新しいお店に挑戦しやすい時期でもある。

ビュッフェの前菜にはフィンランド名物のニシンの酢漬けが必ずと言っていいほど入っていて、身も蓋もない言い方をするとどのビュッフェでも年中見かける定番アイテムではあるけれど、この時期はビーツで赤く染められていたりシナモンが利いていたりと各店趣向を凝らしたクリスマスバージョンになってお目見えする。メインは鴨やトナカイ、ヘラジカなどジビエ料理も多い。

それからクリスマスティーやクリスマスコーヒーといった商品もこの時期限定で出回り始める。要はシナモンやカルダモン、りんごやバニラが入った飲み物なのだけれど、それらの香りは直接クリスマスの記憶に結びついているらしい。

グロッギと呼ばれるホットワインも、シナモン、カルダモン、八角など各種スパイスが入っている。クリスマスマーケットでは必ず売っている定番商品だし、スーパーにも選びきれないぐらいの種類が並べられている。赤ワインベースのものを基本に、白ワインベースやノンアルコールのもの、りんご果汁やブルーベリー果汁を使ったものなど各種デザインされたボトルを見ているだけで楽しい。

この時期、来客や訪問がぐっと多くなる。夏は旅行や別荘に行くのに忙しいフィンランド人もクリスマス時期には家でゆっくりとし、なおかつ暗くて出かけるのも億劫なので親しい人たちとなんでもない夕食を共にしたり、小さなクリスマス(pikkujoulu／ピックヨウル)といって忘年会のようなホームパーティーもしくは飲み会を催したりする。そういうときの手土産として便利なのがこの「グロッギ」だ。お腹はいっぱいだけどちょっと甘いものが欲しいかも、というとき、ささっと温めてスライスしたアーモンドとレーズンを浮かべ、スプーンでぐるぐるしながら飲むと体の中からじんわり温まる。

甘いものといえばクリスマスケーキがフィンランドにはない。あるのは星の形をしたサクサクのパイで、プラムのジャムがのっている。それから各国で定番のジンジャーブレッド。クリスマスはオーブン料理が多いからケーキまで焼いている暇なんてないのかもしれない。

　クリスマスの一番の定番料理はチキンでもターキーでもなく豚で、でっかい骨付き豚のハムを、何時間もかけて低温のオーブンでじっくり焼く。我が家はいつも小さい肉の塊を買うようにしているけれど、それでも4～6キロあり、一晩かけてイブに間に合うように焼く。眠い目をこすりながらグロッギをすすり、肉に刺した温度計を何度も確認するのを何年か続けてきたのでそれがうちの伝統行事のようになっている。

　できあがったハムはもちろん一度には食べきれないので、まずはそのまま味わい、それから細かく切ってスープに入れたり冷凍しておいてピザやパスタの具として使ったりとクリスマスが終わった後も楽しめる。

　クリスマス当日にはそのハムや塩漬けの魚、魚卵、スモークサーモン、前述のキノコのサラダと一緒に、キャセロール料理も供される。人参と米、じゃがいもやさつまいも、かぶに似た根菜などのキャセロール料理が何種類か出されるのでオーブンは本当に大忙しだ。

朝ごはんも特別で、米のミルク粥にプラムとレーズンのとろりとしたスープや、シナモンシュガーをかけて甘ぁく始まる。クリスマス当日と言っても本番はイブなので、24日のことだ。3時のおやつもわざわざクリスマスのコーヒーと呼び、サウナもクリスマスサウナと呼ぶといった具合にこの日一日いろんなことにクリスマスが枕詞として使われるのが面白い。

ちなみにフィンランドはクリスチャンの割合が7割以上と世界でも高めだけれど、クリスマスのミサには行きたい人だけが行くし日曜の礼拝に通っているような人には出会ったことがない。

一度だけ私も敬虔《けいけん》なクリスチャンの知人に、誰でも参加できるよとクリスマスミサに誘われたことがあったけれど、それがイブの23時から始まるというのだからハム徹夜疲れの上、プレゼント開封大会・ご馳走・サウナ・雪遊びとクリスマス定番スケジュールをこなした疲れでパスさせてもらった。そういうわけで私のクリスマスはいつも、日本のお正月のように寝不足と食べ過ぎによる気だるさの思い出ばかりだ。きっと今年もそうなる。

サンタ生出演中

今年のクリスマスは早めに家の飾り付けをした。

玄関のドアにはもみの木を模したオーソドックスな緑色と赤い実のリース、通りに面している窓にも光るリースを吊るし、裏庭の塀にはLED電球をてんてんと巡らせ、暗ぁいフィンランドの冬を楽しもうって魂胆だ。

サマータイムが終わる10月の末、今まで17時頃だった日没が冬時間に変わることによって急に16時台となり、まだこんな時間なのにもう外は真っ暗、とがっかり来たときにクリスマスのライトやキャンドルを灯すと、これはこれで悪くないかなと思えるのだ。

一般家庭では12月に入ると本物のもみの木を買ってきてリビングの中心にどん、と据える。

単なる飾りだけでなく、クリスマスになるとプレゼントが用意される場所として重要な役割を果たすので、エコじゃないと言われつつもいまだに毎年どの町にもツリー売りがやってきて、ショッピングセンターの駐車場や小さな街角にツリー売り場が特設される。日本のお正月飾りとちょっと似ているかもしれない。

大きいツリーを買ったお父さんが得意げに担いでいくのもクリスマス時期に見られる光景だ。

そんなフィンランドのクリスマス、実はイブが本番じゃないかというぐらい一番忙しい。

イブの朝、シナモンのかかった甘いミルク粥などクリスマスのメニューを食べると、子供たちはもうそわそわし始める。

サンタクロースがいつやってくるかわからないからだ。

日本ではイブの夜にこっそりやってくると言われているサンタのおじさんも、本場とあっては随分勝手が違って朝からやってくるかもしれないし、昼にやってくるかもしれない。もしかしたら今にも堂々と玄関から入ってくるかもしれないのだ。

ピンポンとドアのチャイムが鳴ろうものならば、子供たちはびくりとしてかしこまる。

いい子にしていればプレゼントを持ってきてくれるはずのサンタのおじさんがいよいよドアから入ってくると、緊張と畏れで泣き出す子までいる。秋田のなまはげによく似ているなぁといつも心の中で思っているのだけれど、サンタは悪い子はいねぇがとみんなに聞いて回り、いい子にしていたと申告があればプレゼントを手渡すのだ。それもいくつもいくつも。

日本ではプレゼントの一つはサンタさんから、他は両親からやじじばばからと区別して渡す家庭も多いようだけど、フィンランドではすべてのプレゼントはサンタさんからで、一度にたくさんの物をもらえること自体がクリスマスの奇跡のひとつなのだそうだ。

ちなみにこのドアから入ってくるサンタ、もちろん知り合いに頼んで演じてもらうこともあるけれど、ネットで予約することもできる。それが結構な高給取りで15分程度の訪問で8千～1万円前後と、高齢者がやっているアルバイトにしてはいい商売だ。だから親戚や友人同士で子供たちを集めて割り勘で手配するケースも結構見られる。

たまぁに、そのサンタがアル中で酒臭かったなどというニュースも流れてくるので、なんというかいろいろと世知辛い。

もちろんすべての家庭にサンタさんがやってくるわけじゃない。

彼も忙しいのだから、子供たちがちょっと席を外したすきに来る場合もあるし、もしくは助手を使うこともある。

ヨウルトントゥというのはサンタさんを小さくしたような、赤いとんがり帽子をかぶった白ひげの妖精だが、そのトントゥが「君がトイレに行っていた間に」「サウナに入っていた間に」「ソリで遊んでいた間に」ささっとやってきてプレゼントをツリーの下に置いていったんだよ、というパターンもある。

たった今来たんだ、もうちょっとで会えたのに、というのがミソらしい。子供たちは残念がるけれど、サンタやトントゥも忙しければ子供たちもプレゼントを開けるのにすぐ忙しくなるからそれどころじゃない。

テレビに出るサンタもいる。

それも日本のバラエティ番組みたいにさっとやってきてプレゼントを置いていくというさわやかさではなく、24日の朝っぱらからどんとカメラの前に座り生出演をする。

サンタ番組なので、当然ながらサンタが中心だ。

初めてこの番組を見たときは、日本では忍者のごとく秘密裏に現れるはずのサンタの堂々たる姿に驚かされたけれど、さらにその番組の主な内容がフィンランド中の子供たちがサンタに電話をかけてお話したりなぜか歌を披露したりするという公開ホットラインなことに度肝を抜かれた。

子供たちの悩みや、クリスマスの過ごし方の報告や、プレゼントの願いやお礼に淡々と落ち着いた様子で応えるサンタ。近年では画面のはしっこにネットで受け付けたサンタへの、もしくは近しい人へのメッセージまで流れるようになっていて、なかなかオープンな番組である。たとえ会えなくてもサンタを身近に感じられるとして人気なようだ。


さて、そんなフィンランドにおいて我が家ではサンタさんどうしようか問題に直面している。

今までは子供が小さすぎたのでお茶を濁してきたというか、わざわざ教えなくてもいっか、ショッピングセンターで偶然会えば握手でもさせるか、みたいなゆるいスタンスでいたのだけれど、そろそろ物事がわかってくる年齢だ。

保育園でも話題にのぼるだろうし、今年はいよいよ誰かに変装キットを渡して化けてもらうかトントゥ路線で行くかとまだぐずぐず決めかねている。

日本みたいに寝ている間に来てくれればいいものを、と怠惰な親は思わないでもない。

ポテサラとソーセージの年越し

クリスマスの大騒ぎに比べるとフィンランドの年明けはどこか物足りない。一年のハイライトがクリスマスに集中しているので、日本の年末年始のイベントに似たものはたいていそこで終えている。

年賀状がない代わりにフィンランドにおいてはクリスマスカードで、いわゆる「クリスマスカードを交わすだけの仲」の人にしぶしぶ一言そえたカードを送るという行為が12月上旬のうちに済まされているし、お歳暮やお年玉の義理感はクリスマスプレゼントにとても似ていると思う。

「今年こそうちは結構ですって言ってるのにまたもらっちゃったよ」と、お返しの意味でクリスマス前に慌てて駆け込みショッピングに走るのもうちでは恒例になっている。

毎年かなり早くから誰に何をあげて、そのためにはどこで調達して、と計画しているつもりなのに、どうしてもたくさんもらいすぎたり、予期せぬ人からもらったりするのだ。

もちろんプレゼントをもらうのは嬉しいし用意するのも楽しいのだけれど、まあ今年もお世話になったんだし、とお歳暮みたいな気持ちが半分ぐらいあるのも否めない。

クリスマスで人が集まるから大掃除といかないまでも、いつもより綺麗に掃除するのも日本の年末と一緒だ。

じゃあ年末年始にまったく何もないかというとそういうわけでもない。

こっちで初めて年越しをした年に面白いなと思ったのは、この国にも新年の占いがあることだ。

雑誌に星占いぐらいは載っているものの、基本、占いやパワースポットなどの話題は日常ではのぼらない国だ。というかそんな話題を口にしようものならばオカルト好き扱いされてしまう。

それでも大晦日だけはみんなでわいわいしながら占いをするのだ。

方法は簡単、スーパーなどでこの時期売られている馬の蹄形の錫《すず》を金属製のお玉に入れ暖炉や直火でとろりとなるまで溶かし、冷たい水を張ったバケツの中にしゅるっと落とし入れ、その再び凝固した形で来る年を占う。

簡単、と書いたけれど、実はけっこう煩雑だ。普通キッチンは電気コンロかIH式でガスは使わないし、すべての家に暖炉があるわけでもない。安全に火を使える環境を整えた上で、直火にかけられるこの占い専用のお玉を用意しなければいけない。

さらに煩雑なわりに占い方が適当で、私はこれまでに2度、博識なフィンランド人の友人たちによって「こういう伝統があるんだよ」とこの占いのレクチャーを受けたけれど、その2回とも、「おおそういう形になったか！　ってことはたぶん来年は金運に恵まれるよ、いやちょっと待って、確か別の意味だったかな」とか「できあがった錫の形じゃなくそれを蠟燭の火にかざして影の形を見るって説もあるよ、どう読むかは知らないけど」だとか、結果はどうでもいい感じがなんともゆるい。

しかも近年ではこの金属の中に毒性のある鉛が含まれていてエコロジー的に良くないとかで、長年続いていた伝統があっけなく終了となり、錫の代わりにミツロウでできたのを使うようになっている。

そんな感じでゆるっと占ったりお酒を飲んだり元気のある人は街中のカウントダウ

ンイベントに出かけたり、伝統を重んじる人はもちろんサウナに入って一年の垢を落としたり、この日だけ許されている打ち上げ花火をあげたりして遊ぶのがフィンランドの大晦日だ。

花火は毎年12月27日から大晦日の夕方までの期間限定でスーパーの入り口付近などで売られるようになる。一般人が打ち上げられるわりには、ひゅううとあがっていき、どんと大きな花を咲かせる立派なものだ。

これを新年に切り替わる時間に打ち上げるのだけれど、自治体で打ち上げられるものと合わさってうまく行けばどこもかしこも花火と壮観で、失敗すればフライングだらけでうるさいだけ、となる。

年が明けてカウントダウンイベントも終わって、さあ夜更かしもしたしそろそろ寝るか、という頃にどこかで遅れてぱんぱん鳴っている花火は近所迷惑でしかない。

それでも日本みたいに夏に花火の使用が許されているわけではないんだから、子供だったら夜更かしできる特別な夜っていうのもあって楽しいんだろうなぁ、若者だったらお酒を舐めつつ集まって盛り上がるんだろうなぁ、といつも自分ではあげず暖かい部屋の中からぬくぬくと見守っている。

ちなみに大晦日にはソーセージを食らう。ソーセージといってもいろいろ種類があるけれど、細くて長いタイプのものにポテトサラダがフィンランド公式の年越しメニューだ。

ごちそう感ゼロ。なんでそんな弁当みたいなメニューを、と最初は疑問だったけれど、クリスマスのごちそう疲れが残る胃に優しくて作るのも簡単ということらしい。

ソーセージが七草粥の代わりになるとは。

ポテサラもけっこう胃に重たいから、とうちでは結局年越しそばも用意しておせちの味見もちょこっとついて、あればプロセッコか大吟醸を開けて、いつもわけわからん年越しメニューになっている。

ゆるくていいの一言に尽きるのがフィンランドの年越しな気が最近はしている。

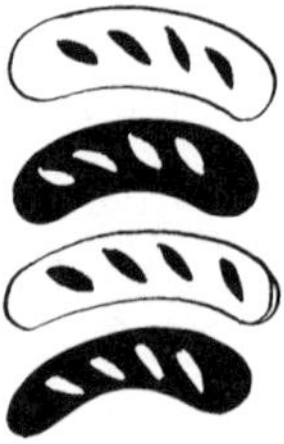

なぜにソーセージを食べまくるのか

フィンランドの年越しフードはソーセージだと書いたけれど、フィンランド人はソーセージを本当によく食べる。

まだ肌寒い中始まって紅葉の頃までむりやりめいっぱい楽しむバーベキューも、牛肉ではなくソーセージが中心だ。

そうなると準備が楽で、毎週のようにバーベキューパーティーをしても負担にならない。

ソーセージ、買ってきて切り込み入れて焼くだけ。

あと用意するのはホットドッグ用のパンとトッピング用の刻んだピクルス、市販のフライドオニオンにケチャップとマスタード。買って並べるだけだ。

そこにサラダとオーブンでローストした野菜でも添えれば、日本人的には何もしてないのにフィンランドでは充分、おもてなししてくれてありがとうと褒められる。申し訳ないぐらいだ。

　そもそも人が集まれば集まるほど、宗教上の理由や好き嫌い、アレルギーで食べられるものが限られてくる。あの人は牛肉がだめ、この人は豚肉を食べちゃいけない、あっちはベジタリアン、など。小さな子供は塊肉はあまり食べてくれないし、それもあってのバーベキュー、いや、ソーセージパーティーなのだ。

　最近は鶏肉やラム肉のソーセージ、ヴィーガン用のソーセージなんかも売っているので、ソーセージの活躍度高いなぁと感心している。

　太いのから細いの、お正月のハムみたいなのといろんな種類があり、スーパーでは棚一列まるまるソーセージということも珍しくない。

　そんなソーセージラブな国では、サウナの中でもサウナストーブの石の上でソーセージを焼いて楽しむべく各種グッズが売られていたりする。

　アルミでできた袋、ソーセージを石材で包めるタイプの筒、サウナストーブの上に吊るすトレイなどなど。

　サウナというのはささっと入って楽しむものじゃなく、サウナと屋外と、あればサウナの横の休憩室とを行ったり来たりし、ビールやロングドリンクと呼ばれるチューハイ的ジンカクテルを飲みつつゆっくりするものだ。その間に、サウナストーブも熱いことだしソーセージを温めればつまみにもなっていいじゃんという合理性。かしこい。

実際に我が家で友人たちを招いてバーベキューパーティーを開催したとき、途中で急に雨が降ってきてやみそうにないし寒いしとサウナを温めたことがあった。まだ食べていないソーセージは当然のようにアルミバッグに入れてサウナへ。調理済みの野菜もチーズも一緒に入れて蒸して、即席料理ができあがった。

わざわざ寒いなか庭でバーベキューしなくても最初からこうしてればよかったのでは、とこっそり思ったけど、こっちの人たちはバーベキュー大好きでもあるので言わないでおいた。

フィンランドでは選挙のシーズンには候補者やその事務所が飲食物などを配ることが認められており、そんな真面目な場面でさえ政治の話をしながらソーセージを振る舞う候補者がいる。

普通は無料配布といってもせいぜい飴かコーヒー程度なので、ソーセージとなればみんな集まるのだそうだ。

他にも車の試乗をしに行ったときトヨタで、また海辺で散歩しているときキリスト教の布教者に、それぞれホットドッグをごちそうになったことがある。これまたフィンランド人好物のシナッピと呼ばれる甘めのマスタードをたっぷりとかけ、ふんふんと商品説明（もしくはジーザス説明）を聞くふりをしながらパンに挟んだソーセージを頬張るのはなんだかとてつもなく肩の力が抜ける絵だった。

私だったらホットドッグにかぶりついている相手に政治の話なんぞなかなかできそうにないけれど、もしかしたら肩の力を抜いているからこそできる話もあるのかもしれない。そのためのソーセージだと考えると、サウナと並んでおそるべしフィンランド人の対人力。


余談だが私がフィンランド語を勉強したときのテキストには「ソーセージはフィンランド人男性にとって野菜だよ」と言って登場人物一同がはっはっはと笑うシーンまで描かれていた。田舎のサマーコテージで男同士が集いソーセージを焼くシーンだ。

国立公園や自然公園の中にはしばしば無料で使える薪と小さなバーベキュー設備が

あり、森をトレッキングする人たちはリュックにマッチとソーセージを入れて担いでいきそこで休憩をとるというのも珍しくない。

自然とソーセージもセットなのだ。

そういえば森の中で乗馬体験したときも休憩には熱いコーヒーとソーセージが振舞われた。他の参加者と、ケチャップを回したりソーセージの焼き具合を交代で見張ったりしているうちに打ち解けたから、やっぱりソーセージが効いているとしかいえない。

よく思い起こしてみるとソーセージに関してはそんな思い出ばかり、ごろごろ出てくる。あそこで食べたなぁ、あの人とも食べたなぁ。むしろソーセージを一緒に食べたことのない友人の方が少ないぐらいかもしれない。

スキー休暇に行けないじゃないか

暖冬で困っている。

ヘルシンキ、すでに3月に入ってしまった現在、雪のない日々が続いている。厳密には、市内でも内陸部に当たる一部の地域にて雪やみぞれがささっと降ってうっすら積もりはしたのだけれど、一日も経てばまた雨やプラス陽気でささっと溶けてしまった。というわけで公式には初雪は来ていないことになっている。これほど雪のない冬は、フィンランド人に言わせると初めてだそうだ。

雪が降らないとなると歩きやすく便利、子連れにとってはベビーカーを押すのも負担が少ないのだけれど、とにかく物足りない。

まず例年なら12月、遅くても1月には雪が降って積もってくれるので、そのおかげで視界が明るくなるはずだった。日照時間の短い冬も雪への反射で凌いできたのに、ずっと暗く雨が降る日々だ。

2月に入ると雨があがって日の射す日も増えたけれど、地面が湿ってぬかるんでいる。子供を外で遊ばせようものなら水たまりに突進するし泥はつくしで毎日の洗濯がなかなか大変だ。

さらにこの時期ならではの雪遊びができないのが困る。

私はここ数年この時期は妊娠初期のつわりで苦しんでいるか小さい赤子を抱えているかでウィンタースポーツができなかったので、それが終わった今、今年こそスキーに挑戦するぞと意気込んでいた。

フィンランドにはたいした山がなく（国内最高峰で1365m。最初聞いたとき富士山の麓で育った私は冗談と思った）やるならクロスカントリースキー。森の中や大きめの公園には雪が積もるとクロスカントリー用のスキートラックが歩道の脇に整備され、誰でも自由に使用することができる。

つまり自前のスキー道具さえあれば、ジョギング代わりにスキーができるし、スキーでスーパーまでお買い物に行くことだってできてしまう。エコだし、ジムに行く必要もスキー場に行く必要もない。なんて合理的なんだろう、と私は是非とも挑戦したかった。

実際雪が深くなると、郊外のスーパーの外壁にはソリやスキー板が立てかけられているのをよく見かける。しかし今年は暖冬なので、むしろスキーグッズが売れなくて安売りになっているようだ。買いどきではある。

子供の雪遊びだって今年はできていない。我が家には小さい子用のシートベルトがついたソリ、大きい子用のハンドルがついたボブスレーみたいなソリ、簡易版の下敷きみたいなやつ、と揃っているけれど、どれも使えていない。

スケートも池や湖が凍ればできるし市営のスケート場もあるので、そろそろ子供にもさせるかと考えていたけれど、今年は暖かすぎてお預けになりそうだ。

スキーもスケートもホッケーもこの国では体育科の必修科目でみんなやる。夫は当然のようにできるし、フィンランドで育っていくうちの子供たちもきっと遅かれ早かれそれらをマスターするのだろう。

だから私は今のうちに挑戦したかった。子供を口実に私が、だ。なんせ私はスキーもスケートもほぼ日本でやってこなかったのだ。

このままでは一家でスキー休暇に行くこともできない。まずい。将来、私だけできないと親の沽券《こけん》にかかわると、実は内心焦っているのだ。だから子供が小さいうちにさらっとマスターしてやろうと思っていたのに。雪、積もってくれ頼むから。

フィンランドの雪はさらっとしていて、東京の雪ほど滑らない。湿度が低いせいかヘルシンキでは積もってもせいぜい50㎝程度だ。除雪車もきちんと来るし、何より人々が雪に慣れているので交通機関が麻痺することもない。自転車用のスパイクタイヤもあるくらいだ。なので私は余裕たっぷりに雪が降ればいいのに、などと言えるのだと思う。

オレンジ色の街灯が雪に反射してぼんやりと闇の中で光る様子や、人様の庭先に見える渾身の雪だるまの数々、新雪に見つける野生動物たちの足跡、サウナから新雪にダイブして作るスノーエンジェルが、今年はますます恋しい。

私、編み物できません

フィンランドに暮らす人たちは長くて暗い冬に家の中で過ごす時間を楽しむべく、インテリアにこだわり、編み物を嗜《たしな》む。ということになっている。

ああ困った。編み物なんぞできやしない。

私は手芸が苦手だ。まずミシンが怖い。あんなに鋭く危険なもの（針）を高速で目の前を走らせ、貫通のリスクを冒すなんて、内臓がぞわぞわする。おまけに不器用だし、根気もない。学校の家庭科で習うエプロン作りは、完成しないまま提出した覚えがある。

だいいち布を選んで型紙を選んで切って合わせて縫って、と工程が多過ぎないだろうか。使う道具も学校で買わされるごつい裁縫セットや、家でやる場合はさらにミシンもとエプロン以上のお値段がする。

世間では子供が生まれたらハンドメイドのものを与えたりする素敵なお母さんがありふれているけれど、私はそっちの種別ではない。

それに手芸ができたからって素敵なお母さんになれるとも限らない。

私の母は裁縫ができる人ではあったけれど不精でもあった。たまに思い立ったように子供服を作ろうと布を買ってきては、タンスの肥やしにしていた。冗談抜きに、我が家では昔ながらの大幅のタンスの引き出し丸々二段が手つかずの布置き場となっていて、しかも引き出しがぱんぱんで閉まらないまま何年も放置されているのを見て育ったのだ。

昔ながらの給食袋やお稽古事のバッグなんかは作ってもらった覚えがあるけれど、よく考えると全部四角いやつだけだ。服となると一度ぐらいしか完成作を見た覚えがない。

だから私にとっての手芸は、できれば素敵だけれど不精者の血を引いて、なおかつ子供を抱えていては容易に手を出してはいけないもの、となっている。編み物だって同じ。

編み物大国フィンランドへ越してきてからも、周囲の手芸やってみればという声を巧みにかわしてこそこそと暮らしてきた。

まず、長い冬を楽しむために編み物、というのもうちのライフスタイルには当てはまらない。

雪がしっかりと積もる前の時期は日照時間も短く天気も曇りがちなため、私たちは海外へ出る。時代は変わったのである。安く過ごせる適当で安全なリゾートはいくらでもあるし、なんなら日本でもフィンランドよりも明るく最近は晩秋でも暖かい。何週間も家にいないことも多く、太陽光を浴びていれば、あったかくて分厚い手編み製品のことなんて忘れてしまう。

インテリアなんかもそうで、ステレオタイプのフィンランドレポートには「冬の暗い気分を吹き飛ばすために明るい色のテキスタイルを取り入れ」云々書いてあり、確かにそういう家もあるけれど、私の周りは我が家を含めてシンプルだ。

昔ながらの木製の家具かイケアあたりで手頃に買った白い家具。落ち着いた色のカーテンやクッションカバー。モノトーンのインテリアも何年も流行っている。

それぞれの居住者が居心地良い内装にしているのだけは本当だけれど、北欧風インテリアと雑誌で掲げられているものとはちょっとズレがある。

よって、暖炉の前で熱いコーヒーをすすりながらロッキングチェアに座って編み物をするご婦人も、私は見たことがない。


フィンランド語のみを話し地方に住むばりばりのフィンランド人である義母にいたっては、器用でなんでもこなす人ではあるけれど、一か所にじっと座っているのが嫌いというタチで、編み物はおろかテレビさえも観ない。

友人のお母さんも、シャキンと背筋が伸びていて、編み物よりも冬はジムで汗を流したり泳いだり、家ではミステリー小説を読んだりしている。

同年代の友達も、「編み物？　最近の家は暖かいから靴下もいらないしね」というような反応だ。

そんな人たちに囲まれて過ごしているので、フィンランド人が編み物好きというのはもはやおとぎ話ではないかと疑い始めた最近、子供が保育園の先生から手編みの靴下をもらった。クリスマスプレゼントとして、先生自らクラスの全員に編んだのだそうだ。

一クラスに8人のみの少人数制とはいえ、8足の靴下！　園児サイズだからただでさえちまっと小さいのに、さらにちまちました模様まで編み込んである。

実は、フィンランドの子供たちは毛糸の靴下をよく使う。秋の雨続きのときには普通の靴下に重ねばきをして長靴を履いたり、ベビーカーや車に乗せるときに冬仕様のあったかい靴を脱がせて毛糸の靴下に替えたり。

いや、知ってるんです、知ってるんですけどよそ様からもらったお下がりで間に合わせていたんです。

その保育園の先生にさっそくお礼を言い「靴下すっごい綺麗！　あなたはプロだ！」と下手なフィンランド語で興奮気味に伝えると、普段豪胆な感じの先生は珍しく照れて「テレビを観ながらささっと作っただけよ」と謙遜した。

その後あろうことか夫も子供の毛糸の靴下をうらやましがり、「最近この家の床が冷えるんだよね」などと遠回しに訴え始めたのを聞かないふりをしていたら、近所に住む手芸好きの親戚が聞きつけて、とある夕方「明日取りに来なさいな」と夫に電話を寄越してきた。もちろん、今から作るから、という意味である。

そうして夫が厚かましくも取りに行くと、本当に立派な靴下ができあがっているのだ。小人の靴屋か。

確かに編み物なら編み棒と毛糸だけでいける。私がいきなり一夜で仕上げられるとは言わないが、もしや縫い物よりはハードルが低いのではないか。幼子がいても針よりかは安全だ。

そんなわけで、手芸は私はやりません、という主義をここに来て曲げようかどうしようか、いまだにうじうじ悩み、毛糸売り場を遠巻きに眺めている日々である。

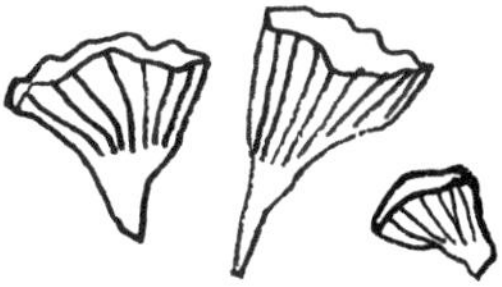

オーロラアラートは突然に

そのメールがぴぴっと飛んできたらすかさず天気予報をチェックして「よし、行ける」。そううなずき身支度にかかる。
コーヒーメーカーのスイッチを入れ、ゴボゴボというドリップ音を背景に玄関脇のキャビネットからすでに膨らんでいるスポーツバッグを出して中身をさっと点検。コーヒーを詰めた魔法瓶を最後にそこに放り込んで、厳重に防寒し出かけていく。ここまでメール受信から5分。

その記念すべき日は10月上旬だった。
場所はヘルシンキ。中央駅からメトロで数駅行っただけの、堂々の市内である。
私はそこで生まれて初めてのオーロラを見た。
その前年、まだ日本に住んでいるときにも、オーロラを見にわざわざ北極圏であるラップランドに出かけていった。いわゆるオーロラベルトの真下で、フィンランドでオーロラを見るならここ、という町だ。雪がしっかり積もっていて気温はマイナス27度、時期は12月下旬。しかし4泊して、何も見えなかった。

そのときの私はオーロラは寒くないと見えない、しかも寒くても運次第だと思っていたけれど、実はそうではないらしい。

その後フィンランドに移住して、オーロラアラートなるものを知った。地震速報ならぬオーロラ速報とでも呼ぶべきか、電磁波の数値が登録している地域で高くなると「今こんな数値だよ」とメールが飛んでくる。

冒頭のメールはまさにそれで、その日は奇跡的に数値が高く、気象レーダーを見ると雲も少なかった。街灯のない森が近くにあったので、「でもまさか首都ヘルシンキで、しかも雪もまだ降ってない10月に」と冷やかし半分の散歩気分で出かけていった。それだけで充分だった。

今日は数値が高くなるかも、と朝からニュースになっていたので、あらかじめ「オーロラバッグ」を用意しておいたのがよかった。キャンプ用の椅子、膝掛け、ヘッドライト。それに熱いコーヒー。同行していた夫は一眼カメラも持っていた。

何時間でも待つつもりで、森を抜け、あらゆる方向の空を見渡せる海岸に出た。

すると、晴れのはずなのに空の一部が白いモヤで覆われていた。風もないのにそのモヤがゆらりゆらりと揺れている。目を凝らしてみると、それがそのうち青っぽくなり、緑色に光り、帯状に形を変え始めた。

見間違えようのないオーロラだった。

初めて見るとオーロラだとわからないかも、なんて心配を吹き飛ばすほどそのオーロラはオーロラらしかった。

私はそれまでテレビで見たことのあるオーロラの色や形を変える映像を、てっきり早送りだと思っていたのだけれど、本物のオーロラもまさにその通りで目まぐるしく様子を変えていった。青だと思ったら緑、また薄い青に戻り、そこへ別の帯が白く光りながらかぶさってきたりする。

全部で20分ほど見ていただろうか、夢の中にいるような気持ちで空を見上げているうちに、オーロラの光はふわりふわりと消えていった。

うわあ、本当に見えちゃったよ、というのが正直な感想だった。思っていたよりもずっと幻想的で、目にしてもなお不思議だった。

夫はフィンランド人だけど、私とそろってこの日めでたくオーロラ鑑賞デビューした。何年もフィンランドに住んでいても、意識しなければそうそう見えるものでもないらしい。


その次に見たオーロラは、再びのラップランドで、だった。

夫はすっかりオーロラに魅せられ「見に行こう」と言い出し、鑑賞地として有名な場所よりさらに北の、ノルウェーとスウェーデンとの国境に近い場所に旅をした。外国人観光客があまり来なさそうな、都市でも街でもない普通の田舎町だ。それも、この週末オーロラを見られる可能性が高そうという情報を仕入れて宿を急遽とるという弾丸旅行だった。

泊まったのはサマーコテージが立ち並ぶ湖畔エリアで、つまり暖房は一応あるけれど夏用の小屋、トイレはなんと屋外のバイオトイレ（水洗ではなくキャンプ場などによくある汲み取り不要のもの。用を足した後おが屑をかぶせる）。しかもその日は何十年かぶりに観測史上の最低気温を更新したときで、マイナス41度。私は妊娠初期だった。

　ただし泊まったそのコテージというか小屋が最高で、セントラルヒーターの他にレアな薪ストーブと薪コンロはついているわ、薪サウナはついているわで、つまり自分で薪をくべる必要があるのだけれど、フィンランドのちょっと昔の暮らしを体験するには打ってつけの場所だった。

　周りには私たち以外誰もいない。煙突からの煙と熱気で溶けた雪がたまに屋根から滑り落ちる音と、凍った湖を横切る野生のトナカイの気配しかしないという静けさだった。

　これでオーロラ見られなくても貴重な体験できたしいっか、と思っていたら2晩連続でオーロラを拝めた。

　しかもコテージの中の明かりを消して、暖かい部屋の中から窓越しに鑑賞できたのである。

　ヘルシンキで生まれて初めて見たオーロラはふわふわと幻想的だったけれど、ラップランドのオーロラは雄々しかった。正面も右も左もオーロラ、というぐらいにその不思議な光に囲まれて、色も緑や青だけでなくオレンジやピンクと忙しく、視界が一気に明るくなった。太陽でも月でも星でもない光に空から照らされるというのは、なかなかない。オーロラの持つ力を見せつけられているようだった。

それからのち、それ以上のオーロラはいまだお目にかかっていないけれど、オーロラバッグは今でも我が家の玄関のキャビネットに常備してあり、オーロラアラートもしっかり受信している。今年は暖冬で冬らしい遊びもできていないので、またラップランドに雪と、運が良ければオーロラを見に行く予定だ。

久しぶりに「お食事」に出かけた。フィンランドで迎える5度目の年末のことだ。

フィンランドの物価は高い。レストランのディナーの相場はドリンクを別にして一人60ユーロ前後からで、コースメニュー中心の店も多い。もちろんファストフードとかピザとかケバブとかで10ユーロ程度で済ますこともできるけれど、日本みたいに安く気軽においしいごはんを食べるということは難しい。

だからこそ「お食事」には気合が入る。ふらっと立ち寄ることがないだけに、今日はお食事に行くぞ、と朝からうきうきして一日が始まる。うちのように子供がいるとなるとなおさら入念な用意が必要だ。

悲しいことにフィンランドにシッター文化は浸透していないので、まず数少ない友人から候補を絞ってベビーシッターのおうかがいをたてる。

顔の知らないシッターさんを雇う習慣がないのはちょっと不便だけれど、友人相手となればお互い様なのですんなり受け入れてもらえるのはいいところだ。シッター同盟のようなもので相手もうちの子に慣れているし、うちも相手の子を預かることはよくある。

それで了承をもらえればようやくレストランの予約を入れる。子供が寝る時間に間に合うような枠。人気店でも早い時間は空席があることが多いので、むしろこれは助かる。ただしクリスマス時期は完全時間交代制のお店もあるし、そもそも混むので予約は必須だ。

こう書いてしまえばそう大変でもないのだけれど、親につきものの「子供を預けてまで食事なんて」という罪悪感を吹き飛ばすだけの動機を用意するのが難しくて、ついい久しぶりの夫婦水入らずの外出となってしまった。

今回は夫が私に内緒でレストランを予約して、シッターも友人に頼んでから私にそのことを告げた。そうでもしないと私が重い腰を上げないからだ。そこまで用意してくれたならしょうがないか、という渋々の体で、内心はかなり喜びながら行くことに決めた。

そういえば第一子が生後3ヶ月のとき、ネウボラおばさんに「夫婦でデートはしてる？　たまには子供預けて、ベビーカーのハンドルじゃなくてお互いの手を握って出かけなさいね」と言われた。当時はそこまで干渉されることに驚いたけれど、「でも子供が」と夫婦での観劇や外食をぐずぐず決めかねたとき、ネウボラおばさんもああ言ってたしな、と最終的にその言葉に背中を押されることも多い。

前置きが長くなったけれど、そうやって手配と予約と決心と、を乗り越えて、クリスマス飾りでキラキラするレストランに出かけていくことになった。さて何を着ていこう。

行くことになったのは昔のマナーハウスの一部を改装したレストランで、自家栽培の野菜やら自家製のジャムやらを自慢にした店だ。カジュアルな服装でもいい、けれどどこの時期はどの店でもだいたいみんなおしゃれをしてくる。

たとえば女性はクリスマスに合わせて赤のドレス率が上がる。あとは季節感のあるベルベット素材のドレスだったり、カジュアルに見えてもお気に入りなんだろうなと思わせるマリメッコのコットンワンピだったり。

行く前に何を着ようか考えるのも「お食事」の楽しみだ。普段しまいっぱなしのアクセサリーをようやく使えるぞ、子供を置いていくから鼻水をつけられる心配もせずてろっとしたワンピースも着れちゃうぞ、とうきうきし始めて私はフィンランドのおしゃれの現実に直面することになった。

季節は冬だ。そのマナーハウスのある田舎町にはすでにしっかり雪が積もっているという。駐車場からレストラン入り口までも歩くし、クロークルームがあるほどの高級店でもない。つまり、ヒール不可決定。これではレストランのドレスコードにノーヒールで、と書かれているようなものだ。

さらに私が冬に履いているのはムートンブーツで、暖かいのはいいけれどスマートとは言い難い。でも秋に履いている革のブーツじゃ溶けて固まった雪の上は滑る、絶対に。そもそもブーツがデフォルトな時点で着るものも限られてくる。さらにさらに、冬はみんな帽子をかぶるので凝った髪型もできない。車で行くんだから帽子はいいんじゃないと自分を騙そうとしたけれど、人間の体温の何割かは頭から逃げるとか言うし、万が一車が故障したときに死活問題なので防寒具の省略はできない。髪や足元がそれだと華奢なアクセサリーも合わせづらい。

ああそうだった、こうやって私はフィンランド式ファッションに染まってしまったんだと思い出しながら、結局いつもとそう変わらない格好で素直に食事だけを楽しんできた。周りも同じ事情なので、ドレスでも足元は雪対応のトレッキングブーツや厚手のタイツなど、そうそう！　そうなりますよねぇと共感の目で観察せずにはいられなかった。

この寒い国に越してきて何年も経つけれど、たとえレストランや劇場にクロークがあるとして、エレガントに靴を履き替えたり預けたりする方法を私はいまだに知らない。トイレでこっそり履き替えて紙袋にでも入れてそっと預ける？　なんて想像してみるけれど、狭いトイレの個室でブーツを脱ぐとか靴についている雪が溶けて紙袋が濡れるとか、想像するだけでめんどくさすぎて、私は今も野暮ったい雪対応のブーツを履いたままでいる。

おっぱいぽろり

世界一お母さんに優しい国だとか言われているフィンランドで、授乳所を見つけるのは意外にも難しい。

とある午後、私はいつものように子供をベビーカーに乗せて街中まで買い物に出てきた。ヘルシンキの中心地、観光客が必ず来ると言っても過言ではない白い大聖堂のあたりだ。

それまでベビーカーでぐっすり寝ていた子供もそろそろ目を覚ましそうな気配でもぞもぞしている。

首都の喧騒の中とはいえ所詮はフィンランドレベル、静けさを好むこの国で子供の泣き声を街宣車のごとく垂れ流しながら歩くのは心地いいものではない。早いうちに、できれば子供が完全に目覚める前に授乳所へ行って先手を打たねば。

とそこで気づいたのは、意外にもこの辺、授乳所ないのでは、ということだ。

この店にない商品はフィンランドにはない、とかつては謳われていた某老舗デパートには、授乳所ももちろんある。でもそこはたいそう狭く、男性の出入りも多い。フィンランドの授乳所といえば、おむつ替えトイレと子供用トイレと電子レンジと授乳用椅子とハイチェア全部が一緒くたに置かれているところが多く、育児をするお父さんも離乳食や液体ミルクを温めに、もしくはおむつを替えに出入りするのが普通だ。いわばオープンスペース。そして夕方のおやつどきは混みやすい。

少し離れた別のショッピングセンターまで5分ほど歩けば広い授乳所があるけれど、そこもやはり男性の出入りがある上、何度か膝をついてお祈りをする人たちも見かけた。その建物に祈禱室がないためである。

もう一つ別のショッピングセンターは狭いながらカーテンのある授乳スペースがついているけれど、この時間はどうだっけ、混んでいるんだっけ。

そもそもどこも子供服売り場のあるフロアに授乳所を設けているためエレベーターに乗る必要があり、なんだか考えるだけで面倒になってきてしまった。

授乳所の有無や充実度に関しては、日本の方がフィンランドよりもよっぽど優れている。

日本の場合はおむつ交換台や食事をさせるエリアがまずあり、その奥に男性立ち入り禁止の授乳スペースがあるのが一般的だ。さらにそのスペースも個室に区切られていることが多く、同性同士でも配慮がかなりされている。

対してフィンランドは先に書いたように授乳もおむつ替えも一緒くただ。お母さんに優しい国なのにね、と言われてしまいそうだけれど、フィンランドがこうなのはみんなどこでも気にせず授乳するせいかもしれない。

極端な例だと、あるとき友人の子のお誕生日パーティーに出席したとき、大人同士で男女交ざって話していて、その中の赤ちゃんを連れたお母さんが会話を続けながらおもむろにおっぱいを出し授乳を始めたことがあった。授乳服ではあったもののケープもなし。当時子供がまだいなかった私はぎょっとしたけれど、周りの会話は止まることなく続いているので、ぎょっとした自分がおかしいような気さえしてきた。

今なら、まあ子供が飲み始めたらどうせそんなに見えないしね、ぐらいにしか思わない。

現にカフェでもレストランでも暖かければ公園でも誰でも授乳をする。人によってはスカーフやブランケットでふわりと隠す、その程度だ。

それゆえ私も、わざわざ授乳所を探さなくてもカフェで休憩したついでに授乳、もしくは人気《ひとけ》のない端の方のベンチで授乳というのに慣れた。ケープをして何食わぬ顔をしていれば誰も気にしないものだ。たとえ偶然誰かと目が合ったとして、ああ授乳中なんだなとすぐに目をそらされる。

それでも最初の頃、男性は目のやり場に困ることはないのかと疑問に思って、フィンランド人男性何人かに公共の場所での授乳をどう思うかと聞いたことがあるけれど、誰もがそろって、なんでそんなことを聞かれるのかとぽかんとしていた。

みんなの意見をまとめると、お母さんは授乳するのが普通だからなんとも思わない、とのこと。さすがにいきなり目の前でおっぱいを出されたら戸惑うかもしれないけど、別にまじまじと見ようとは思わないし赤ちゃんにも授乳される権利があると。性的な興味はそこにはなく、授乳している人がいるだけ。これはサウナでの混浴にも似ていて、要するに慣れなのかもしれない。そういうもの、変な目で見る方がおかしい、という慣れ。

お母さんに優しい国、の意味はどんな風にでも取れる。

日本の授乳室は裸を隠す文化の中で、お母さんを好奇の目から守るという意味でとても優しい。おかげで気兼ねなく授乳できる。

対してフィンランドの場合は、周りも慣れているからどこでもどうぞという自由さだ。

どちらの国の場合も母親が気兼ねなく授乳できるので優しい。


休暇で生後9ヶ月の子供を連れて台湾を訪れたときは、日本ともフィンランドともまた違っていて面白かった。

商業施設はもちろんのこと、駅にもかなりの割合でトイレの横に授乳所およびおむつ交換室があり、授乳スペースにはエアコンとウォーターサーバーがついていることも多かった。暑い国だからだろうか。おかげで台湾では青空授乳をした覚えがまったくない。

一度だけ観光客が多く訪れる古い駅舎で授乳所が見つからず、プラットフォームへと続く階段裏の目立たない場所で授乳をしようとしたら掃除のおばちゃんがすごい勢いで駆け寄ってきた。

怒られるのかと身構えた私に彼女は笑顔でおいでおいでのジェスチャーをし、係員だけが入れる鉄の扉を開け、さらに奥の扉へと私を導いた。ドアには駅長室、と書かれている。

彼女は「使用中」の札を出して無人の駅長室の扉にかけ、ここでどうぞと駅長のスチール椅子を指してくれたのだ。それから鍵もかけていいよ、と身振り手振りで鍵のかけ方を教えてくれ、解錠にも必要だというその鍵を私に託して掃除に戻っていった。

スチール机と椅子と棚だけという無機質な部屋の、何か秘密でも隠れていそうな駅長室で場違いにもちょっとわくわくし、こんな見ず知らずの外国人にまで鍵を渡すなんて大丈夫かなといらぬ心配をしながら、優しいなぁとしみじみと授乳したのをよく覚えている。

最後に鍵を返すとき、私は間抜けにも掃除のおばちゃんたちの顔を見分けることができず別の方に鍵を返してしまったのだけれど、その方も、そしてシフトが終わったのか私服に着替えて再登場した最初のおばちゃんも、丁寧に頭を下げる私に温かい笑顔でなんのなんのと手を振った。

その後台北の別の授乳所で、授乳は母子の権利で妨害するのは犯罪に当たります、という内容のポスターを見かけた。台北には授乳権を守るための条例があるらしい。わざわざ条例にまでなるということは過去に妨害などのトラブルがそれなりにあったのだろう。

青空授乳に慣れている私としては、いちいち別室にかくまわれるような状況も過保護な気がしてそこまではしていただかなくてもと恐縮してしまうのだけれど、掃除のおばちゃんがしてくれたようにこれもお母さんへの優しさのひとつかなぁと思う。

こうやって振り返るとお母さんに優しいのはフィンランドだけじゃない。

そして当然フィンランドにだってお母さんに優しくない面もあるのだ。それはまた次回。

優しいは厳しい

お母さんに優しい国ランキング1位にしょっちゅう選ばれているフィンランドで子育てをしている。

日本の友人たちにフィンランドでの子育てがどんな風か話すと、さすがお母さんに優しい国！　と感心されることが多いのだけれど、私はそれに引っかかりを覚えたことがあった。

まずお母さんに優しいってなんだ、とフェミニストみたいな疑問を持ってしまう。子育てがしやすい国というならわかるけど、なんでお母さんだけなんだろう。そんなの気にしているのは、男女平等でない国だけではないか。フィンランドはお父さんにだって優しいぞ、と。

お父さんも授乳所、キッズケアスペースに入れる。おむつ交換台があるのは男女ト

イレではなく車椅子用トイレ、日本で言う「だれでもトイレ」が普通で、男親でも困らない。平日昼間にベビーカーを押している育休中であろうお父さんも多く見かける。

性別格差が少ない国、つまり男女平等である国のランキングにもフィンランドはたびたび登場している。

お父さんにもお母さんにも優しい国は、男女平等化が進んでいると言えるのだけれど、男女平等というのは良くも悪くも平等だ。均等に優しく、均等に厳しい。

たとえば共働きが当たり前のこの国で、私は結婚したとたん「無職」となった。

移住してすぐには仕事ができないのは覚悟していたけれど、日本ならば結婚して仕事をしていなければ「職業・専業主婦」となる。しかしフィンランドの公式の書類には、そんな欄はなかった。あるのは従業員、事業主、学生、年金受給者、そして無職。

それまで何年もの間、東京で社会人として自立した生活を送ってきた私にはその何気無い書類のたった一項目が、とても屈辱的だった。

もし子供を授かっても育休中でなければ無職。働かずに子供の面倒を家で見る場合、国とヘルシンキの場合は市から手当が出るけれど、「専業主婦」や「子供の面倒を家で見ている」という枠は公式にはなく、ステータスは無職のままだ。

ついでに扶養制度もない。

夫は会社員なので会社の福利厚生サービスにより、ちょっとした風邪や捻挫でもすぐに私立病院にかかれ医療費は会社が負担してくれる。

しかし妻である私はその恩恵を受けることもできない。勤めない限り、もしくは任意で一般の保険に加入しない限りは、病気になっても公共の診療所を訪れることになる。

公共なら安そうだしいいじゃないという声が聞こえてきそうだけれど、診療所は専門病院ではなくあくまでも内科のような存在なので、基本的な診断しかできず風邪程度じゃ見ない、何もしないのが現実だ。

それゆえ我が家のように一家庭内でも受けられる医療サービスに格差が生じている。

こんな風に、お母さんに優しい国、女性の権利が確立されている国は、実際は女性も男性と同じようにフルタイムで働く権利と環境を与えられていて、そこまではいいけれど、それゆえその権利を行使しなければただの無職呼ばわりという落とし穴がある。結婚している女性なら、という免罪符はこの国にはない。

子供が3歳以上になれば女性も仕事復帰するのが当たり前で、そうしないには、大学に戻って勉強中だとか特別な理由が必要だ。たとえ誰も何も言わないにしても、だ。なので日本の友人から、お母さんに、女性に優しい国なんだね、と羨望の眼差しと共に言われると首を傾げてしまう。優しくはない。女性だからといって特別守られていない。

むしろ女性であることに甘えるなとびしばし言われているようなプレッシャーにあふれている国なのだ。

ゴロゴロとキャリーケースを引いて義父がゆっくり歩いてくるのが窓から見えると、子供たちがはしゃぎ出す。空きハンガーよし、ゲスト用のタオルよし、コーヒーを入れる準備よし、お茶受けもよし。これだけあれば大丈夫、義父におおがかりなおもてなしはいらない。

息子の家である我が家に来るときでも、自分の家から一歩も出ないときも、彼は髪をきちんと櫛で揃え、グレーの口ひげを整えていて私はいつも感心してしまう。

年金生活を送る義父は我が家から2、3時間ほどの距離にある地方都市に一人で住んでいる。そこから月に一度は高速バスを利用してうちにお泊まりに来る。孫がかわいいのね、と言われがちだけどところがどっこい。孫が生まれる前から頻度はそう変わらない。むしろ孫が生まれてからはようやくちょっと遠慮して頻度を低くしてくれるようになった。

彼の目的は、ゲームだ。

それもお年寄りが好みそうなチェスとかそういう類のゲームじゃなく、テレビゲーム。最近はプレステ4、ちょっと前はWii U。

任天堂スイッチはまだ買ってない。義父がますます通いつめちゃうからね、と夫と自粛中だ。

義父の名誉のために言っておくと、彼は本や映画、ジャズやクラシック音楽が好きで、旅も好きな活発な人だ。

月に一度ぐらいの頻度で、ヘルシンキを経由しエストニアのタリンか、スウェーデンのストックホルムにフェリーで出かけていく。

そのついでにうちに寄り、近くでいいコンサートがあれば聴きに行き、そうでなければ街中のカフェかうちのソファでコーヒーを飲んでくつろぐ。そういえば私にフィンランドジャズを紹介してくれたのも彼で、たまに一緒にジャズライブも行く。

そのさらについでの、という名目での、ゲームだ。

ついでのわりに2、3泊して夜通しゲームをしていく。我が家に子供が生まれてからは昼の間はさすがに遠慮しているけれど、前は昼から夜半過ぎまでゲーム大会状態だった。

そもそもの始まりは1980年代に発売されたファミコンの『ゼルダの伝説』だった。

もともと知恵の輪や推理が好きだった義父、自分の子供に買い与えたはずのそのゲームの奥深さ（単なる冒険だけではなく謎解きの要素も多い）にどっぷりはまり、「ぼくたちが学校から帰ってくるまで進めないで！」という当時小学生の子供たちの懇願も無視しゲームを昼夜攻略し、ついには町で有名なゼルダ通になった。

当時はネットもなく攻略本もあまり出回っていなかった時代で、知らない人から彼の家に電話がかかってきては「あそこの謎がどうしても解けないんだ」という相談をたびたび受け、メモも見ずにすらすらと答えていたという、生ける伝説である。

その後も彼のゼルダ愛は止まらず、同シリーズの全タイトルはもちろんすべてクリアし、ゼルダ以外の謎解き系のゲームにも手を出している。

しかし最近のゲームはセリフ字幕が多い。

ゲームをするだろうと想定されている世代のフィンランド人は英語も堪能なのでみんな英語版でプレイしている。

対してフィンランドの教育改革の前に学校へ行っていた義父は英語ができず、それゆえうちに来て、夫に翻訳させながら一緒にプレイするのである。ちなみに対戦型ゲームではない。

幸い私も幼少の頃にゲームを嗜んだことがあるので、夫と暮らし始めてからは毎回ゲーム大会に参加している。するとゲームをする女性は珍しがられ、重宝がられ、そして喜ばれた。私も謎解きは好きな方であるし、剣道の段持ちなのでゲームの中でも剣さばきには自信がある。

そういうわけで子供たちが寝静まったあと、私と夫と義父で3人ソファに並び、壁にプロジェクターで映し出したゲーム画面を見ながらコントローラーを代わりばんこに回し、夜遅くまで遊ぶのである。

今では夫と義父がゲームをしている間にささっと家事を済ませたくてもすぐにお呼びがかかり「手が放せないんですけど」と言うと、義父に「桂が見てないなら進めないもんね」とへそを曲げられる始末だ。

「もう寝ましょうよ」と夜中1時ぐらいになって促してもゲーム大会が止まらず先に私が寝落ちしようものなら、翌朝私は彼らの冒険譚を延々と聞かされ、謎解きの部分の再プレイを「ひひ、解けるかな」という男どもの忍び笑いを背景に強制される。ちょっとめんどくさい。

しかし海外に移住して一番役立った技能は？　英語などの言語ですか？　とよく聞かれるけれど、馬鹿正直に答えるならば、ゲーム歴だ。それも日本ではたいしてやり込んでもない程度の。

なんならフィンランド語も義父とのゲームの中でかなり覚え、たとえば私は台所で使う「包丁」よりも日常生活ではあまり使えない「剣」や「盾」の方を先にフィンランド語で言えるようになった。「敵！　2時の方向！」「地図を見ろ！」「なんでそこで落ちる！」などの怒号もしょっちゅう飛び交っているので、私もそんな遠慮ない物言いをすることに慣れた。

義父が来てもたいして料理に時間を割けないので普段通りの食事か、丼ものなどの手抜き和食を適当に出す。

日本の両親が目にしたら「ひいっ！」と飛び上がって自分たちの育て方を猛反省しそうな態度で私は義父と接しているけれど、それでも彼は気にするわけでもなく、私の料理をおいしいと食べてくれる。

そして帰り際には必ず「じゃああそこのアイテム、次までに集めておくように」と指示を出して去っていくのだ。いきなり電話をしてきて「あの城の入り方だけど」などと前置きなしに会話を始めるので現実の話かゲームの話かこちらが混乱することも多々ある。

私と夫は、義父のことを親しみを込めてボスと呼んでいる。上司で、ラスボス。私にとって彼は、間違いなくスオミ（＝フィンランド）の伝説の男だ。

いつもどこでも身近にいる妖精のお話

春なので妖精の話でもしよう。

木々が芽吹き小鳥が歌い出すと妖精が出てくるようなそんな気配がする、などと言いたいわけではないけれど、気付けば我が家は妖精だらけである。

あの世界で一番有名な、と言っても過言ではないムーミントロールのことだ。


私は幼少期、ムーミンが怖かった。

なんでかっていうと理由は明白。当時住んでいた電車も走っていない、超田舎町の公民館か何かにムーミンの劇がやってきて親に連れられていったのだけれど、暗闇で見る等身大の着ぐるみたちはどれも亡霊みたいでおびえ、以来トラウマになったのだ。

もともとムーミンのアニメを見ていたわけでもないから、いきなり知らない生き物のストーリーを着ぐるみで、しかも劇場にも映画館にもたいして慣れていない幼子が見たらそりゃあ怖いだろう。なんで連れていったのだ母よ、と責めたい気持ちになるけれど、本当に田舎で娯楽もさしてないところに子供向けの催し物が来たら、まあ親なら連れていきたくなるよね、とわからないでもない。

しかし特に三白眼のリトルミイが怖かったのを今でもしっかり覚えている。

あの尖ったヘアスタイル、怖そうな目、その背景でゆらゆらと踊ったりする白い亡霊（正しくはトロール）たち。着ぐるみは使い古されていたのかヨレて薄汚れ、ふくよかなはずのムーミンのお腹のあたりの布がだらんと余っていたような気がする。

そんなことがあったので大人になってもムーミンに対する感情は決して友好的でなく、極力接触を避けてきた。私が大人になる頃、日本ではムーミンがじわじわと再ブームになったのか雑貨屋でもどこでも見かけるようになったのを、「なんなんだろうねあの生き物、昔っからいるくせに廃れもせず」と斜めに、しかし距離をおいて眺めていた。

最後に東京で暮らしていたときは実は家から一番近いカフェがムーミンカフェだったのだけれど、一度も行ったことがない。

そのままフィンランドへ引越してきた。

フィンランドに住む人になってみると、ムーミンってフィンランドでも人気なんですか？　とよく聞かれるようになった。なんで人気なんですか？　とも。そんなの私が聞きたいよ、と答えていた。最初は。

しかし住んでいるとだんだん、ムーミンはフィンランド人にとってドラえもん的存在なのだとわかるようになった。子供のときにみんな本やアニメで観て親しんでいるけれど、大人になってからは特に騒がないもの。ずっと昔からある安心感。そんな感じ。

移住してすぐの頃は、ムーミンはなるべく避けて生きるぞ、と私も気合を入れていたのだけれど、軟化したのか懐柔されたのかだんだんどうでもよくなってきた。だってムーミンショップはもちろんのこと、普通のスーパーに行ってもムーミングッズはそこらじゅうで売られている。避けようもない。

私にとって生まれて初めてのムーミングッズはフィンランド移住直後にもらった義母からのプレゼントで、アラビアが出しているマグカップだった。

息子が突然外国から連れてきた（と見えたであろう）彼女に、義母は驚くほど寛大で優しかった。もちろん移住の前にも面識はあったけれど、まさにどこの馬の骨ともわからない、母国語も通じないアジア人に、フィンランドにようこそ、とリトルミイの絵が描かれた赤いマグカップをくれたのだ。綺麗にラッピングまでしてくれて。

日本で使っていたほとんどの食器を捨ててきた私にとっては、それが記念すべきフィンランドでの所有物一号にもなった。

その後、やはり折に触れアラビアのムーミンマグカップシリーズをもらったり、子供が生まれてからは日用品にムーミンが描かれていたりして、今家の中を見回すと意外にも簡単にムーミングッズが見つかる。

離乳食期のスナック菓子。キシリトール。窓に吊るせるぬいぐるみ。ボール、パズル。キッチンタイマーに、暗い冬に必需品の反射材。つい今朝方も子供用の絆創膏をスーパーに買いに行って、あまりかわいくない動物たちか子供の知らないヒーローものかムーミンかの三択で、私はムーミンを選んだ。

保育園児である上の子は、もうムーミンを知っている。

ちょうど去年の春からフィンランドとイギリスの共同制作でムーミンの新しい３Ｄ風アニメの放映が始まり、それがなかなかの出来で私の検閲を通り、うちの子も観ることとなった。加えて、誕生日やクリスマスなどのプレゼントにはやはり国産キャラが良かろうとみんな思うのか、自然とムーミンものが集まってきた。

親としても変にすかした現代のキャラものを買うよりかは昔からあるムーミンの方がほっとする。人生の通りすがりみたいな現れては翌年には消えていくキャラクターたちと違って、子供がフィーバーするほどでもない。絵が描かれているだけでお値段が跳ね上がっていない点も好ましい。うちの子供たちもムーミンの絆創膏を見て、怪我もしていないのに貼って貼ってとは騒がないだろう。

いつもあるもの、身近にいるもの。熱狂はしないけれど親しみはある。わざわざ嫌う必要もない。

静かに愛されている、それがあの妖精の魅力なのだと今だからわかるようになった。

おわりに　かわいいだけじゃないフィンランド

日本への一時帰国からフィンランドへ戻ってきて数日後に、子供の定期健診に出かけたことがあった。

日本と同じく1歳になるまでは頻繁にネウボラで健診が行われ、赤子なのではだかんぼうで体重を量る。いつものように順調に育っている様子を見届け、子供が粗相をしないよう急いで新しいおむつをつけると私と同年代の女性の医師は、

「それって日本のおむつ？　なんてかわいいの！」

と褒めちぎり始めた。日本で使っていたおむつの残りがバッグに残っていただけのことで、見た目も何も意識していなかった私は、若干驚きながら、はあとしか答えようがなかった。

医師曰く、

「日本のものってすべてが細かくよくできていて『ｋａｗａｉｉ』でしょ？　娘も私

も大好きなのよ！」

だそうだ。

そう言われればこちらのおむつはそっけない。絵は入っているとはいえいまいちパッとしない動物柄だったりするし、あの国民的キャラクターを使った商品さえベーシックとしか言いようのない絵柄で品質もよくない。

それに比べて私がそのときたまたま持っていた日本のおむつには、みんなが知っているキャラクターの他に、よく目を凝らせば見える程度の背景と花柄模様までがプリントされている。手触りもうっとりするほど柔らかい。

日本がかわいい、というのは移住後ことあるごとに人に言われたことだ。キャラクターの多さ、何にでもマスコットキャラクターがつき、ちょっとした商品にさえ絵やアニメでの説明がつく親切さ。一見子供向けの商品の精巧さとそれを大人になっても愛する文化。

日本に旅したことのある私の友人のフィンランド人たちはみんなどこかしらのキャラクターショップで買い物をして帰ってきた。もしくは日本ならなんでもない日常のかわいさを写真に収めてくる。

そのときの医師がかわいいをわざわざ日本語で表現したように、フィンランドにおいて、日本はかわいいで知られていると言っても過言ではない。

それなのに肝心の日本人の多くは、かわいいを求めてこの国にやってくる。

ほんとうにかわいいのはそっちの方ですよ、と私は言いたい。


かわいいだけでなく、フィンランドには世界一の教育や福祉、幸福度、ゆとりのある生活、洗練されたデザインがあるとガイドブックに書かれているので、多くの観光客はそれらを実際に目にしようと最初からフィルターがかかった状態で上陸してしまっている。あるものだという前提で。

それらはもちろんフィンランドを構成する要素の一部かもしれない。だけど、それをガイドブック通りに街中で見つけだし、ああやっぱりフィンランドはいいところだったおしまい、となってしまうのはもったいない。

この国にだってリアルな生活が、憂いが、鬱屈が、貧困が、嫉妬が、差別が、そして生身の人たち（文字通り）が渦巻いている。私自身もフィンランドへのイメージとリアルとのギャップに、しょっちゅうもやっとしている。

それでも今回連載していた原稿をまとめて読み返してみて、フィンランドのかわいくないところをバシッと指摘してきたつもりだった私は愕然とした。

結局フィンランドが好きなのがだだ漏れだ。しかも年々なじみ住みやすくなっていっているのでこれじゃあツンデレとしか言いようがない。なんだか好きな子をいじめるガキ大将のようで恥ずかしくなってきてしまったけど、まあいっか、自分の住んでいる国を好きでいられるなんて幸せなことだ。あれ、それともこの国になじめないまま人生を憂えてバーに逃げ込んで飲みまくって急に饒舌になってくだ巻いてサウナ入って凍った湖に飛び込んで苦虫ならぬサルミアッキを噛み潰す、ぐらいした方がいいんでしたっけ。

いや、そこまではまだ、フィンランドとは良好な距離を保っておきたい所存だ。

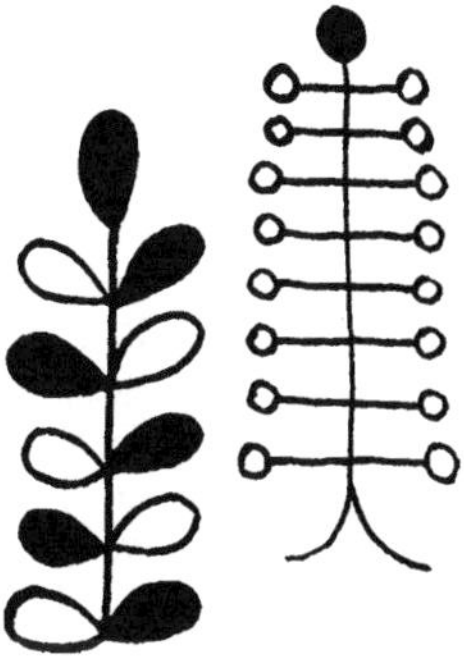

本文デザイン　古田雅美
本文イラスト　赤羽美和

この作品は幻冬舎ｐｌｕｓの連載「フィンランドで暮らしてみた」（二〇一九年九月～）を加筆修正し、書き下ろしを加えて再編集した文庫オリジナルです。

ほんとはかわいくないフィンランド

芹澤桂《せりざわかつら》

令和2年6月15日　初版発行
令和4年7月20日　6版発行

発行人――石原正康
編集人――高部真人
発行所――株式会社幻冬舎
〒151-0051東京都渋谷区千駄ヶ谷4-9-7
電話　03(5411)6222(営業)
　　　03(5411)6211(編集)
公式HP　https://www.gentosha.co.jp/
印刷・製本―中央精版印刷株式会社
装丁者――高橋雅之

幻冬舎文庫

ISBN978-4-344-42989-5　C0195　せ-7-1